KB112843

영원 아래서 잠시

영원 아래서 잠시

이기철 시집

민음의 시 291

민음사

세상은 나의 교실이고 사람살이가 나의 교과서라는 사실을 조금씩 깨닫는다. 이 세계, 어느 외딴곳에 아름다움을 심는 사람, 슬픔을 가꾸어 기쁨을 꽃피우는 사람, 그들과 함께 살고 싶어 나는 오늘도 시를 쓴다.

2021년 단풍이 첫차를 타고 온 날
이기철(李起哲)

차 례

1부

2부

3부

1부

이슬로 손을 씻는 이 저녁에

어디엔가는 아름다운 세상이 움 돋고 있을 것 같아
소낙비 트리트먼트로 머리 감은 나무 아래서
나도 비눗물을 풀어 세수를 한다
지우산을 펴는 것은 하늘을 가리기 위해서가 아니라
하늘에게 부끄럼을 들키지 않기 위해서다
꽃씨 하나를 아기처럼 보듬는 저녁이
한 해를 반짇고리처럼 요약하는 날은
내 틀린 생각들을 불러내어 자주 회초리를 친다
수많은 책과 금언들을 지나왔지만
아무도 아름답게 세상 건너는 걸음걸이를
가르쳐 준 사람 없다
위태로이 담을 건너면서도 하얗게 웃는
박꽃같이 사는 법을 말해 준 사람 없다
내 무신론의 아름다움이여
길을 가다가 우물물이 흐려질까
나뭇잎을 건져 내는 사람 만나면
나는 그의 손을 잡고 이 시대를 건너갈 것이다
이슬로 손을 씻는 이 저녁에

벼랑에서 말하다

여름은 너무 많은 입을 가졌으니 차라리 적막 두 장 홑옷으로 견디는
가을의 마른 잎새 소리로 말하게 하라
뿌리로부터 길어 온 물의 체온을 달래어 실가지 끝에 한 우주를 올려놓은
과일의 쟁의로 말하게 하라
지구를 장식했던 백 가지 물색들이 대지의 화판을 단색의 화폭으로 색칠하는
캔버스의 붓으로 말하게 하라
돌을 주워 하늘로 던지면 별이 될 거라 믿었던 어린 정서가 정으로 새긴 영혼의 글씨가 되는 과정을 흰 종이의 맨살로 고백하게 하라
완전히 파괴된 폐를 안고도 좋은 날씨와 햇빛의 축복만을 편지에 쓴 불멸의 시인*, 그 핏빛 영혼으로 말하게 하라
나는 언제 아픈 세상을 위해 한 편의 송가를 쓰나, 언제 추운 시대를 보듬는 축시를 쓰나, 오늘 내가 오른 서릿발 벼랑의 높이로 대답하게 하라

* 불멸의 시인: 키츠는 1820년부터 그가 죽은 1821년 사이, 친구 존 레이놀즈에게 좋은 날씨와 햇빛에의 축복을 편지로 썼다. 그때는 키츠가 의사 클라크로부터 최악의 폐결핵으로 두 폐가 완전히 파괴되었다는 진단을 받은 뒤였다.

내가 가꾸는 아침

연필 깎아 쓴다

누구에게라도 쉬이 안기는 아침 공기를
섬돌 위에 빨아 넌 흰 운동화를

손톱나물, 첫돌아이, 어린 새, 햇송아지
할미꽃 그늘에 앉아 쉬는 노랑나비를

밟으면 신발에 제 피를 묻히는 꽃잎
가지에 매달려 노는 붉은 열매 식구들을

내 무릎까지 날아온 살구꽃 꽃이파리
편지 쓰는 연인의 복숭앗빛 뺨

연필 깎아 쓴다

세상을 건너가는 열렬한 기후들
나에게 놀러 온 최초의 날씨를

생활에 드리는 목례

내가 어린 이파리들에게 이름을 묻고 있을 때
그가 와서 너는 누구냐고 물었다
나는 당신의 친구 당신의 연인 당신의 노복이라고 대답했다
나를 만난 적이 있느냐고 그가 물을 때
나는 당신과 일생을 함께한 도반이라고 대답했다
내 얼굴을 아느냐고 그가 물을 때
나는 당신의 머리카락과 눈썹의 길이
런닝과 팬티의 색깔까지 다 안다고 대답했다
그동안 내가 상냥했느냐고 그가 물었을 때
나는 그만 집어 들던 숟가락을 떨어뜨렸다
내일도 나를 따라올 거냐고 묻는 그에게
화병에 물을 채우고 몇 송이
슬픔을 기쁨으로 갈아 꽂으며
당신을 피우고야 말겠다고 대답했다
가끔은 흐리고 가끔은 맑아지는 그에게
주소를 알려 주면
꽃다발을 들고 한번 찾아가겠다고
말하려다 그만두었다

그때 바스락거리는 이파리들이 가르쳐 주었다
그가 생활이라고

책상의 가족사

나와 이 소목상(小木床)의 가족사는 오래되었다
나는 사람과 세계를 사랑하는 법을 이 평면의 지형학에서 배웠다
그는 소파나 침대, 카우치나 장롱에 비기면 소품이지만
늘 지적인 그의 표정은 여타 장신구들과는 구분된다
처음엔 그는 부피가 작은 시집들과 교분을 쌓는가 싶더니
쇼펜하우어나 니체, 이광수 전집을 알고 난 뒤부터는
그의 얼굴에 자못 세계의 기류들이 흘러갔다
그는 우수와 사색을 즐기면서도 첨단과 도파민과 파안대소는 사양했다
내가 천추로 가는 길을 물을 때면 그는 자못 진지한 얼굴이 되어
쓰세요 쓰세요, 당신의 가장 아픈 말과 쓰린 상처와
슬픔이 밴 자줏빛 추억을, 하고 귀엣말로 대답했다
그리하여 나는 세기의 그늘이 드리워진 이 작은 공간
컴퓨터가 점유해 버린 사각의 평면 위에
연필과 볼펜과 백로지의 시대를 그리워하며
창백한 몇 줄 시를 쓰는 것이다
세월이 철사처럼 녹이 슨 날

송구하여라, 이 보잘것없는 내 율법의 작문책에
나는 시집이라는 화사한 이름을 붙여 보기도 한다

문장 수업

희망이 길을 물으면 대답해 줄 말이 내겐 없다
슬픔의 솜털을 빗어 줄 알록달록한 말이 내겐 없다

거기엔 언제나 제시간 맞춰 찾아오던 정오, 숟가락을 입에 물고 나온 저녁별
오십 년 전에 쏘아 올린 장난감 화살, 고백이 가장 아름다웠던 입술
어둠의 잉크를 찍어 쓰던 시, 진실이라고 믿었던 허언이 된 노트
그를 부를 때마다 폭풍이 되던 청춘, 갈망이라는 명사 앞에서 언 손을 비비며 서 있던 소년

나는 아직도 순이 옥이 남이 진이의 이름이 사슴 노루 염소 토끼의 이름보다 더 애틋한 이유를 시로 말하지 못했다
어떤 필치가 가장 아름다운 영혼의 표백인지를 말하지 못했다 더 아름다운 문장은 내일의 것이므로

나의 시여, 사흘 동안 너는 왜 여기서 자꾸 머뭇거리느냐, 그러는 동안 초침이 몇만 번 정맥 소릴 내며 뛰어갔느냐

내가 불러내지 않으면 상처도 저 혼자 꽃으로 피어 있을
내 잃어버린 국어여
치료해야 할 곳이 많아 아름다웠던 문장 수업이여
좋았던 어느 때 애인에게 했던 말처럼
문장아, 왜 네가 아니면 안 되지? 내 인생은!

비밀

중세에 태어났으면 나는 어떤 삶을 살았을까
금세기를 사는 나는 위인전을 읽었으나
위인의 곁에 가려고 각축한 일은 없다

나는 일흔여덟 해 이 땅을 밟고 살면서
권좌, 재화, 영화를 꿈꾼 적이 없다, 소박한 맨발로 세기를 건넜다
경상도에 태어나서 서울은 나들이로, 일본은 지인 초청으로, 그러나 호사스럽게도 영국, 인도, 아일랜드에는 잠시, 스토니브룩에서는 한 해를 살았다

지금은 마흔두 해 함께한 칠판과 분필을 떠나 산골 낙산에서 감자 고구마 옥수수를 키우며 탁목조 한 마리 다람쥐 두 마리와 눈 맞추며 살고 있다
부자는 아니지만 가난하지도 않다, 일용할 양식이 있고 사립교원 연금과 오천 권의 책

집은 있으나 아내와의 공동명의, 경편차는 내 소유, 서재의 TV는 전파방해지역이라 재작년에 폐기했고 생수 두 병

외엔 늘 텅 빈 냉장고 컴퓨터 한 대, 철 따라 갈아입을 양복, 런닝 네 벌, 운동화 장화 구두, 모자 다섯 개 — 여기에는 남새밭에 갈 때 쓰는 맥고모자도 포함된다, 백면의 필수품인 안경 만년필 볼펜과 연필 — 바늘 실 골무는 혼자 사니까 흡사 규방반려가 되었다

내게는 생각의 수틀인 스무 권의 시집, 다섯 권의 에세이집, 이름 부르기도 송구한 니체 괴테 마르셀 프루스트 한용운 서정주 김춘수 전집, 길가메시 프란시스 잠 이시카와 다쿠보쿠 울라브 하우게, 에밀 시오랑과는 한 이태 동거했다

몇 년 새 심해지는 안구건조증 회전근개증후군, 잊을 만하면 찾아오는 인플루엔자 대상포진 건성피부염 가끔 욱신거리는 어금니, 오래 따라다니는 수치질, 코로나 예방 접종은 세 번

그러나 숨길 수 없는 병증은 이것
아무리 치료해도 낫지 않는 그리움 한 주머니

횡격막을 건너오는 호롱불 같은 이름 다섯

절망을 쳐부수느라 보낸 한 생
고통에 끊임없이 주석을 달던 쉰 해
지나온 날이 행복했는가 물으면 나는 그저 웃고 말겠다

그곳의 저녁은 따뜻한지요

아직도 청년인 저녁이 옷자락을 펄럭이며 다가와서
오늘은 모두 무사하냐고 물으면
나는 내가 키우는 닭과 오리, 새와 토끼를 그에게 맡기고
장화를 씻어 놓고 계단을 올라
지난밤에 껐던 방의 불을 다시 켠다
그가 오면 나는 미워서 등 돌렸던 어제의 일들을
다시 데려와 밥상 앞에 앉히고
나 없어 쓸쓸했냐고 벌레처럼 슬펐냐고
언니의 목소리를 빌려 차근차근 묻는다

한 번도 길 놓치지 않고 오는 운명 같은 저녁이여
그렇게 큰 옷을 입고 왔으니 옷을 걸어 둘 데가 없겠구나
그래서 키 큰 나무도 네 안에 숨는구나
네가 오면 온종일 바쁘던 물동이도 바께쓰도
호미도 쇠스랑도 다 조용해졌으니
이제 내 짊어지고 다니던 연민이나 동정
우정이나 사랑 같은 것 잠시 내려놓아도 되겠구나
저를 펴기만 하면 윽박지르던 책들도
뛰어다니던 여행 가방도 다 입을 다물겠구나

그러면 너는 내게 묻는다
나도 이제 명백하던 햇볕을 밤에게 주었으니
좀 어두워도 되겠느냐고, 내 어깨를 끌어당기며
사는 동안 돈은 좀 모았느냐, 남들이 다 한 사랑도 한번 해 보았느냐,
마흔두 해 직업에서 다치진 않았느냐, 자식들은 다 키워 제 길 떠나보냈느냐,
아직도 청미래덩굴 같은 희망 때문에 뒤채는 밤이 잦느냐, 고

그러면 내가 그에게 되묻는다
당신 아랫목 어디쯤에 자리 펴고
고통이 몸보다 더 큰 나를 잠시 눕혀도 되겠느냐고
베 이불을 끌어당겨 오한과 쓸쓸을 덮어도 되겠느냐고

그러고는 숙명의 글씨로
바람이 뺏아 간, 내게 오던 이파리에
세상으로 던지는 안부를 써서 보낸다

그곳의 저녁은 따뜻한지요

행간

행간을 돌아 나오는 동안 가을이 저물었다
오후 여섯 시의 행간은 정원보다 깊다
원시(原始)로 가려면 낙엽신발을 신어야 한다
한 번도 휴식해 본 적 없는 태양과
잠을 모르는 지구가
고대의 말소릴 잊지 않고 여기까지 데려왔다
소리의 칸칸을 지나면 몸 안의 각지(各地)에 파도가 인다
그 지명들을 내 편애의 언어로 불러내면
불현듯 고왕국으로 가는 차표를 사고 싶어진다
진번 임둔으로 가는 매표구는 어느 페이지에 있을까
바빌론 카르타고로 가는 선편(船便)은 어느 쪽에 있을까
목차를 매표하는 동안 참깨씨가 재재발리 저녁 종을 친다
설화의 사랑에 열광했던 낙랑을 생각하며
나는 비로소 페이지를 닫고
바이칼로 가는 길을 묻는다
가위로 자른 저녁놀이 색실처럼 풀려 어깨에 걸린다
먼 곳은 멀어서 더욱 그립다

식탁보

식탁보 아래 무엇이 있는지는 식탁보를 걷어 보기 전에는 아무도 모른다 거기에 한 접시 딸기와 한 쟁반의 포도 한 개의 붉은 사과 한 움큼의 흰 소금 한 스푼의 설탕 한 가닥의 그늘 그늘을 만든 빛이 숨어 있는 줄을, 아무도 보지 못한다 그 안에 설탕을 만든 사람의 마음과 딸기를 키운 사람의 손과 처진 포도덩굴을 걷어 올려 주던 사람과 그의 등 뒤에 서서 기다리다 돌아선 오후와 어린 염소를 데리고 돌아간 저녁을, 그리고 언젠가 이것을 시로 쓸 사람이 하얗게 세탁된 식탁보를 갈아 놓았다는 것을, 그가 두 송이 포도와 끝없이 이야길 주고받았다는 것을

서정시 한 켤레

아무것도 궁금하지 않으면서
뒤란까지 살펴보는 햇살

그 햇살 덕분에
어두운 물동이 속까지 환한 대낮

풀밭에서 잠 깨는 벌레들을 보면
세상을 더 가꾸어야겠다는 생각이 든다

문밖을 나가면
작은 꽃 피운 고추 고랑과
생각에 오래 잠긴 파란 감자밭

나무는 나보다 옷이 많아
자주 새 이파리를 갈아입는다

차례를 지켜 피는 꽃 앞에 서면
내일은 누굴 찾아가 고개 숙일 일 있음을 안다

오늘은 한 달 만에 신어 보는
발이 편한 서정시 한 켤레

풀잎의 숨소리가 커지는 날은
대문에 진청 하늘을 걸어 놓아야겠다

꽃눈

어떤 발병은 아름답다
얼룩이 아니고 비수다
손대면 손가락에 피가 묻는다
아름답다의 어원인 너의 돌출을
내 두 손으론 막을 수 없다
너는 피고 나는 두근거리므로
네가 잠든 겨울의 문고리에 나는
실낱같은 약속 하날 걸어 두었다
어둔 수피의 방 속에서 꽃눈은 오래
세상으로 나갈 시간을 셈했을 것이다
겨울의 장롱 속에 꼭꼭 접어 넣어 둔
갈음옷을 수시로 꺼내 입어도 봤을 것이다
너의 화염에 내 손이 빨갛게 데인다 해도
나무가 들판에 꽃바구니를 마구 내던진다 해도
앵두와 벚꽃이 함께 가자 등 뒤에서 소리친다 해도
루주를 마저 바르고 오라고 나는 서서 기다릴 것이다

안 되는 일이 많아 행복하다

깨진 유리잔은 소리친다, 다시 올 수 없다고
찢긴 페이지는 소리친다
잃어진 제 말의 짝을 찾아 달라고

나는 이 상실을 사랑한다

달리아를 국화꽃으로 만들 순 없다
새의 날개를 빌려 하늘을 날 순 없다
구름을 끌고 와 흰 운동화를 만들 순 없다
씨앗을 묻어 놓았다고 겨울이 안 오는 건 아니다

수심 일만 미터, 마리아나 해구를 장미원으로 만들 순 없다

사과나무가 안 보인다고 밤을 걷어 낼 순 없다
포도덩굴에게 오두막 지붕을 덮지 말라고 부탁할 순 없다

나는 끝내 이 집과 처마와 마당과 울타리와
울타리 아래 핀 물봉숭아를 미워할 순 없다

칫솔을 물고 쳐다본 하늘, 그 푸름을 베어
내 호주머니에 넣을 순 없다
아무리 수리해도 덧나는 들판을 내 손으로 고칠 순 없다

지은 지 십팔 년 된 집, 처음엔 그토록 경탄이던 집이
기둥과 대들보, 천장과 보일러가 자주 고장 난다
새뜻하던 타일과 서까래가 금이 가도 내 힘으론 안 된다

이렇게 쓰려 한 것이 아닌데 하고 다시 고치지 않는다
안 되는 일이 많아 행복한 일이 나의 동행이므로

국정교과서

그 책 앞에서는 아무도 이긴 사람이 없다
모든 것은 서론뿐 결론에 도달한 적 없는
교과서를 등에 업고 행진곡처럼 걸었다

얇고 새파란 표지의 종잇장들
그것은 낙화일수록 더 붉은 꽃잎에 대해
실패가 더 아름다운 열망에 대해 가르치지 않았다

마음껏 실패할 수도 마음껏 성공할 수도 없는
너무 많은 페이지들의
질타 아니면 훈계

낱장을 찢어 종이 비둘기를 만들던
부피가 작은 그 책

그 아래 내 손때 묻은
난만한 무형식의 잡기장들

마주 보며 꽃 피우는 뿌리의 시간 앞에서

발을 떼지 못했던 시간들
내 방언의 바느질로 깁던 아홉 품사들

그 낱낱 이파리의 수를 세며
나의 세계는 끝없이 뒤채고 팽창했다

시가 올 때

주춧돌을 놓다가 그만 무너뜨리고 말았다
서까래를 올리려다 그만 허물어 버리고
그를 따라가다 길 놓쳤다
넘어져 무릎 깨고
마음 베여 피 흘리고
그래도 다시 일어나
못 잊는 사람께로 다가가듯
그의 문을 두드리는
새까만 낮과 밤
맞지도 틀리지도 않은 글씨
터득할 수 없는 비문
구겨지고 찢어져도
새로 깁는 한 벌 옷
생을 쏟은 한 채 집
가랑잎을 밟다 문득 깨닫는
훔친 우주
말이 지은 마지막 집
멸망하지 않는 신전

영원 아래서 잠시

모든 명사들은 헛되다
제 이름을 불러도 시간은 뒤돌아보지 않는다
금세기의 막내딸인 오늘이여
네가 선 자리는 유구와 무한 사이의 어디쯤인가
아무리 말을 걸어도 영원은 대답하지 않는다
어제는 늙고 내일은 소년인가
오늘의 낮과 밤은 어디서 헤어지는가
이파리들이 꾸는 꿈은 새파랗고
영원은 제 명찰을 달고 순간이 쌓아 놓은 계단을 건너 간다
나날은 누구의 방문도 거절하지 않는다
이 윤슬 햇빛이 늙기 전에 나는
어느 철필도 쓰지 않은 사랑의 문장을 써야 한다
오래 견딘 돌이 체온을 버리는 시간
내가 다독여 주지 못한 찰나들이 발등에 쌓인다
무수한 결별의 오늘이 또 나를 떠난다
나는 여기에 현재의 우편번호를 쓸 수가 없다

설화명곡에서 반월당까지

설화명곡에서 반월당으로 오는 동안
입안에는 마흔 개 혹은 쉰 개의 이름이
설탕처럼 고인다 수수꽃다리 아기난초가
입안에 피고 물레새 댕기새 언덕할미새가
눈썹 끝에 날아다닌다

오전을 가방에 넣고 거닐었던 장미 정원이
젊은 애인들에게 의자를 내어주고
타월로 낯을 닦은 구름아이들이 내려와
목줄 푼 강아지의 발등을 씻어 준다
새들이 빌려 간 녹색 침대가
기한 만료로 되돌아와 있고
사랑하는 데만 사용한 그해 여름이
추억 같은 건 다 비우고
미지의 신간을 펼쳐 들고 있다

모르는 사람들이 다정해지는 동안
잉크가 마르기 전에 써야 하는 이름들
차창 밖으론 낯익은 여름이 지나간다

열다섯 개의 역을 지나는 동안 나는
백년 뒤에 나올 신간을 다 읽었다

그때 생각났다

내 마음이 당신의 마음을 엿보았다는 것을
엿본 마음은 겨울이 와도 얼지 않으리라는 것을
연필꽂이에 아침을 꽂아 놓고 나왔다는 것을

수요일에 할 말

누가 유월을 이 땅 위에 건축해 놓고 저는 사라졌을까?

올해 여름은 몇 년 전에 출발한 계절일까?

풍경은 제가 풍경인 줄을 알고 풍경이 될까?

나를 불고 간 바람은 내 가고 싶은 곳을 알기나 할까?

희망과 절망은 어느 쪽이 더 무거울까?

행복해지고 싶지 않다면 불행이 왜 두려운가?

내 문장은 왜 모두 의문문인가?

질문하는 사이, 내 발 담근 강물이 바다에 닿는다

가을 타는 나무

씻어서 내 몸이 가벼워진다면
나는 내 속옷을 씻듯 단풍잎의 얼굴을 씻어 줄 것이다
온몸이 눈이신 하느님처럼
가을이 길 위에서
갓 핀 맨드라미의 수를 세고
아침에 져 내린 과꽃에게
한 주렴 순금빛을 덮어 줄 때
그때 나는 마침표 없는 서정시를 쓰며
그동안 내가 곡해한 세상 앞에 나아가
무릎 꿇고 사죄할 것이다
아침이 오고 저녁이 오는 일도
햇빛의 일과임을 깨닫는 일 기쁨 아니랴
내 키 높이로는 도무지 굽어볼 수 없는 세상을
경전을 읽듯 엎드려 읽으며
곧 놀러 올 저녁별도 제 힘을 다해
생업을 일으켜 반짝이는 것을 보리라
아픈 세상에 베개를 베어 주고
그의 이마를 더운 물수건으로 닦아 주리라
제 몸이 악기가 된 나뭇잎이 음악 소리를 내리라

이 물음으로

득신*처럼 대나무 가지에 횟수를 표시하며 만 권 독서를 할까, 화담*처럼 마당에 연못을 파고 사흘을 굶어도 격물에 취해 얼굴에 화색을 길어 올릴까,

돌몽*처럼 마당 가 장작을 패며 낙방생 천자문 독음이나 엿들을까, 남명*처럼 칼을 턱에 받치고 잠을 쫓으며 노장(老莊) 천독(千讀)이나 할까,

배점*처럼 풀무간에서 낫을 벼리다가 잉걸불 식는 동안 퇴계의 마당에 엎디어 안개 같은 강학을 들을까,

지나온 시간은 모두 물음뿐, 대답 없는 날들의 헛무덤뿐인데

혹 모르지요, 한(漢)의 유철(劉徹)*처럼 천하를 호령하는 천자의 손으로 개울물에 속옷 빨아 입어도 즐거움이 그곳에 있다고 한 줄 시를 쓸는지?

그도 저도 아니면, 다 던지고 마당에 핀 메밀꽃처럼 고개 숙여 별밤이나 하얗게 기다릴는지?

* 김득신(1604~1684): 조선 시대의 독서가. 화담: 서경덕(1489~1546). 박돌몽(생몰연대 미상): 노비. 남명: 조식(1501~1572). 배점(16세기): 대장장이. 유철: 한 무제(재위 기원전 141~87).

양지꽃 휴양지

거기까지만 오세요, 조릿대나무 숲에서
물레새의 물레 잣는 소리 들릴 거예요
자드락길섶에 민들레가 소꿉 살림 차려 놓고
앵두 아이들이 붉은 입술로 동요를 부르고 있을 거예요
입 싼 종다리의 음유시가 들리면 거기입니다
노랑 저고리 나비 무희가 양지꽃 무대에 올라
부채춤을 추고 있을지도 몰라요
밀잠자리의 무게를 못 이겨 자꾸 한들거리는
바지랑대가 박자를 맞추고 있을지도 모르겠어요
단추꽃이 남모르게 손편지를 돌로 눌러놓았다면 그곳입니다
꽃들이 서로 떨어져 피어야 안전하다고
말벌이 회초리를 들고 화단을 정렬하는 것도 보일 거예요
거기에는 성장(盛裝)한 비단풀과 불꽃나무는 없으니
굳이 번지수의 끝자리를 묻지 않아도 됩니다
손바닥 남새밭에 아욱씨 뿌리는 사람 있으면
다 온 거예요, 오세요
후투티 시켜 환영사를 준비할게요

가을에 도착한 말들

나무가 봄에 보낸 말들이 가을에 도착했다
열매를 쪼개면 봄의 말들이 한꺼번에 쏟아진다
나의 무지는 바람과 햇볕의 전언을 알아듣지 못했다
풋 순이 열매의 몸으로 둥글어지는 동안
아무래도 나는 동시대의 비극에 등한했나 보다
전쟁 뉴스를 보며 밥을 먹고
세 개의 태풍을 맞으면서 희랍 비극을 읽었으니까,
창궐하는 바이러스에 모처럼 지구가 한 가족이 되는 날도
무덤들에게 그곳은 편안하냐고 묻지 않았으니까,
물소리를 따라나서던 한 해의 발이 멈추는 곳에
데리고 오던 생을 물끄러미 세워 둔다
나무에게도 나에게도 생이란 것은 무거운 것이니까,
몸이 야윈 바람이 텅스텐 소리를 내면
더는 수정할 수 없는 문장을 종이 위에 눌러 쓴다
열매의 말은 페이지가 너무 많아
손가락에 침 묻혀 넘겨도 다 읽을 수가 없다

문답

구름은 우리 지붕 위에 쉬지 않고 번번이 산꼭대기에 가서 쉰다

빙정(氷晶)들의 오랜 습관이다

물방울은 약속 위반자, 그들을 믿지 않는 게 좋다

며칠 전 돌아오는 길에 꽃봉지마다 눈도장을 찍어 놓았는데 다시 와 보니 도장이 없어졌다

그것은 슬픔과 상관이 없다

숲으로 간 빛은 푸르고 함석지붕에 내린 빛은 붉다

그것은 슬픔과 상관이 있다

나는 물을 마실 때는 흰 물만 마신다 주스는 붉고 콜라는 검다

그것은 기쁨과 상관이 있다

나비는 무얼 먹고 온종일 날아다닐까? 종달새는, 박새는, 곤줄박이는? 반은 웃고 반은 울며 떠난 사람은?

몸을 세워 두고 마음의 무게를 재면 마음은 몇 그램일까?

생각하는 내 발자국이 지워질까 봐 나뭇잎이 신발을 덮는다

나와 함께 사는 것의 목록

비애야,
나의 종잇장 같은 슬픔을 아느냐

멀리서 놀러 온 구름, 바람이 데리고 온 가랑잎, 쉬어 가라 해도 서둘러 떠나는 햇빛,
칠 벗겨진 녹색 대문, 엽서를 기다리느라 몸이 닳은 우체통

너무 쉬이 입 다무는 나팔꽃, 핏방울로 피는 샐비어
도꼬마리, 키다리, 꿩의비름, 물봉선화, 도라지, 구절초, 메밀꽃, 이질풀

너무 정직해서 슬픈 것들아
네 이름을 부르는 백로지 같은 나의 비애를 아느냐

끼니에야 찾는 둥근 사발, 낮아서 편한 쟁반, 몸이 하얀 연잎 접시, 빛바랜 마호가니 탁자, 짝 잃은 보시기, 성급한 전기밥솥, 불평 많은 식칼, 잎 푸른 상추, 보라색 가지,

참매미의 이별 노래를 들으며 묵은 책상에서 시의 언어를 빌려 쓰는 이름들

비애야,
내 기다림의 긴 끈을 너는 아느냐

세상을 건너는 바람

저녁이 오면 푸른 노동의 하루가 팔을 내린다
신발에 하루를 담고 걸어온 이웃들이 지붕 아래로 돌아가면
물을 것이 많은 아이처럼 지붕마다 별이 돋는다
벨벳 어둠이 풀꽃들의 머리카락을 어루만지면
하늘을 만지던 지붕이 처마 쪽으로 키를 낮춘다
언제 필까를 묻는 꽃들이 잠시 얼굴을 숙이고
이름 부르면 금세 대답할 사람들이
머리맡에 내일이라는 약속을 두고 등불 아래로 돌아간다
내게 온 하루들은 이제 작별에 익숙하다
내 눈 맞춘 꽃들이 어둠에 묻히면
걸어온 발자국들엔 하루의 체온만 남는다
산은 오늘밤도 키가 클 것이고
신장의 신발들은 지나온 길을 벗어 놓고
세상을 건너는 법을 어둠에게 배울 것이다

7월

채송화가 혼자 무럭무럭 발전하고 있다
구름 알갱이들을 손바닥에 올려놓으면 짝을 이루는 나비 떼
그곳에 7월이 산다기에 홑옷을 입고 찾아간다
무럭무럭이라고 누가 큰 글씨로 팻말을 세워 놓은 걸 보면
나보다 먼저 7월을 밟고 간 사람 있다
계절이다, 그의 얼굴을 본 적이 있다
사소한 것들의 이름이 산의 키보다 장엄한 사방을 둘러보아도
아는 얼굴이라곤 찾을 수가 없다 다 익숙한데 모두 서툴다
멀고 가까이 무릎이 닿은 능선들
신생들의 숨소리로 정맥이 뛰는 저녁까지 걸어가서
불빛조차 푸른 밥상에 오이접시를 올려놓는다
휴식이 걸어와 천천히 수저를 든다
그곳에 7월이 산다기에 홑옷으로 갔다
노련한 저녁이 펴 놓은 광목 위에
7월은 없고 범람만 있다

씨앗을 받아 들고

씨앗에서 열매까지의 길을
어린 나무는 처음부터 다 알고 있었다
이제 곧 겨울이 와 세상이 조그마해지면
나는 전기밥솥에 쌀을 앉혀 놓고
그 위에 녹두콩 완두콩도 두어 개 띄워 놓고
솥이 제 몫의 일을 하는 동안
좋은 세상이 어디쯤까지 와 머무는지 알아보러
동구 밖으로 나가 보리라
샐비어 잎에 새똥이 마르고
도랑물 소리가 발목에 감기리라
밤에는 흰 노트를 펼쳐 놓고
내 지은 죄의 목록을 흑연으로 기록하리라
분노 한 사발, 증오 한 그릇, 사랑 한 대접, 노래 한 다발
그리고 부질없이 펴 놓은 세상일들을
출석부의 이름 부르듯 불러들이리라
한랭 겨울, 흰 눈이 하는 일을
내 손이 맡으리라
손가락이 곱으리라, 마음이
헝겊처럼 펄럭이리라

오늘이라는 이름

밀물이 안 올까 봐 썰물이 소리 내어 우는 건 아니다
해 질 녘 동해 바다는 모래톱까지 달려와서 운다
바다는 지구의 끝인가 시작인가, 물으며
내 안에 와서 금을 긋던 사람들
흉금 안쪽에 파란 색칠을 하던 사람들도
묻다가 홀연히 자취를 감추었다
그 블랙홀 안으로 빨려 들어가는 것을 사람들은
추억이라 부르지만 나는 속도라 부른다
추억의 몽리구역까지 갔다 오는 데는
실로 한생이 걸린다
나는 인간의 시간을 걸어 여기까지 왔다
나는 농막에도 앉고 테트라포드에도 앉아 별점 치다
한 세기를 놓쳐 버렸다 놓친 세기는 역사박물관으로 간다
오늘은 모래의 밥을 먹으며 타고 남은 속마음을 바느질
한다
그러나 어쩔 수 없다
오늘의 슬픔을 어디다 잠가 두면 새어 나가지 않을까 생
각다가
갓 핀 잠자리난초를 밟는다 해도

노래 사이를 걸어 다녔다

노래가 끝나면 노래는 악기로 돌아간다
음악이 세계를 지나갈 때 세계는 긴장한다

칼날을 밟고도 피 흘리지 않는 그의 육체를
누가 가슴 위에 얹어 놓았나
나는 그와 함께 날아다니는 즐거움을 탑승한다

이제 땅 위의 나라들은 너무 낡았다
노래가 세운 신생국의 주소를 펼쳐 들고

노래나라 시민권을 얻으러 간다
나는 그 나라에 가서 구름 외판원이 되어도 좋겠다

음악이 벗어 놓은 벨벳 안감으로
백만 벌의 옷을 만들어 세상을 입히면
세계의 모세혈관이 뢴트겐으로 촬영된다

나무가 일 년 내내 이룬 것은 숲
울어서 눈이 부은 새가

나뭇가지에서 음악을 쪼고 있다

열매를 익히는 것은 나무의 유구한 관습
열매가 악기 소리를 내며 떨어진다
마지막 악장처럼

오전을 사용하는 방법

죽은 겨울을 들고 와 지붕에 꽂는 사람이 있다
그 사람 이름은 봄이다

오늘은 그가 들고 온 기쁨 몇 종지 당신께 건네주려 한다
얼음 뚫고 올라온 망사풀의 말간 웃음과
유리문을 깨고 들어온 살구꽃의 흰 손바닥을

오전에는 잊지 않고
일찍 핀 개나리 우표를 붙여 여름에게 초청장을 보내려 한다
그가 데려오는 식구가 많을까 봐
방이 많은 펜션 몇 채도 예약해 두려 한다

개구리가 눈 뜨는 것은 한날한시라는 것도
당신께 귀띔하려 한다
뿌리들이 온종일 이파리로 실어 나르는 물에 대해서도
건넛마을 젊은 암소가 낳은 지 열흘 지난
송아지를 데리고 마실 나온 것도

송아지의 까만 눈에 조개구름 한 쌍이 흘러가는 것도
암탉이 급히 울어 뛰어가 꺼내는
짚 둥지의 달걀이 밥그릇처럼 따뜻하다는 것도

오전은 잘못 건드리면 쨍, 하고 금이 가는
손거울 같다는 것도

천변 풍경

꼭꼭 숨겨 놓은 속마음을 한꺼번에 들켜 버리는 꽃들은 제 속에 아름다이 살고 있는 멜로디도 헐값에 팔아 버린다 꽃밭에서 포롱포롱 솟아오르며 노래하는 새의 목청은 꽃이 제 속의 뜨거운 것을 새에게 넘겨주고 소리 하나만 대가로 받은 것이다 창문에 노을이 질 때까지 꽃과 새의 흥정은 질펀히 이루어진다 믿기지 않거든 천변 아웃렛에 나가 보라 그러나 마음이 없으면 보이지 않으니 마음을 동여매고 가야 한다 천변에는 낙서 같은 물새 발자국

2부

나무마다 그늘이 있다

외출하지 않는 나무들은 온종일
제 키 아래 그늘을 만든다
우드 톤 의자에 앉아 그늘을 만지면
풀 먹인 아마포 소리가 난다
저 앤티크한 모습으로 혼자 서서
이파리로 새 화풍을 창조하는 나무들
이슬 밤을 지나오느라 윗옷이 젖은 그에게
흐렸다가 곧 명랑해지는 날씨를
한 벌 마름질해 입혀 주고 싶다
문 열자 쫓아 들어오는 방 안의 햇살
숲의 숨소리를 물고 놀러 나온 휘파람새 울음
밤새 서쪽으로만 흘렀을 은하 강물을
물동이에 받아 그의 발을 씻겨 주고 싶다
혼자서도 아프지 않게 잘도 달려가는
시간의 발자국 소리가 그늘에 잠시 쉬고 있다
접으면 리넨 소리를 내는 그늘을
미소시티아파트에서 창백한 손으로 시를 쓰고 있는 사
람에게
소포로 부치고 싶은 마음 몇 그램

스푼으로 떠먹어도 줄지 않는
나무마다 빈티지풍의 그늘을 드리우고 있다

올 한 해

나는 올 한 해 동안 햇살에 반짝이는 거미줄을 보았고 민들레꽃에 앉아 얼굴 다듬는 노랑나비를 보았다 장독 물에 뜨는 꽃잎 같은 잠자리를 보았고 제 목청에 물색을 입혀 우는 곤줄박이를 보았다 그러나 그러나, 내 가슴속의 말 하날 전할 사람은 만나지 못했다

내 손은 습관처럼 번번이 다음 줄을 잇기 전에 연필을 놓쳤다 발아래 아름다운 것도 많았는데 그것의 이름 불러 주기 전에 여름 가고 가을 갔다 가을이라는 말은 칠판의 말이 아니어서 더욱 마음 애린다

오늘 흰 사발에 햇살을 퍼 담는 사람아 나는 이제 국어책의 말은 쓰지 않으리니 백년 동안 제자리를 잊지 않고 찾아오는 별에게는 미래로 가는 지도 한 장 빌리리니 바람은 내용이 없는 엽서를 들고 작년처럼 내 문을 두드리리니

라넌큘러스

— 코로나바이러스에게

네가 반짝이는 메달이라면 나는 너를 목에 걸었을 것이다
네가 자줏빛 꽃송이라면 나는 너를 옷깃에 꽂았을 것이다
그러나 너는 보이지 않게, 만질 수 없는 곳으로
스미고 숨어 우리 곁을 떠돈다
꽃은 왜 안 보이는 곳에서 더 많이 필까
병은 왜 안 보이는 길을 택해서 올까
그래, 그림자도 없이 여기 와 한 이태 살았으니
코로나여, 이제 너희 나라로 가라
네가 와서 한 일이라곤 이제까지 없던
불가촉 병명 몇 개 세상에 보탠 것뿐이다
네가 떠난다면 나는 가장 아름다운 언어와
단풍잎 무늬를 닮은 다정한 손짓으로
오래 이별을 흔들어 줄 것이다
너를 기다리는 폐항의 별에게
아직 불리지 않은 새 이름 하나
라넌큘러스 다발처럼 건네줄 것이다

거룩한 일은 잘 저물고 잘 일어나는 일

낙산*에 한 달치의 아침이 쌓여도
내 못 가 본 서른 겹의 밤들은 가출도 않고
중세의 옷을 입은 느티나무에게 녹색 상의를 갈아입히고 있다

신종 바이러스도 아름다운 몸을 가지고 싶었을까
사람과 한 번만 동침하고 싶었을까

지금은 근심에게 밥을 떠먹이는 시간
어찌하면 참새같이 작고 열무 싹같이 보송보송 살 수 있을까 생각하는 시간
사는 게 뭐냐고 입버릇처럼 힐난했던 날들이
뜨락과 섬돌에 들깻잎처럼 나풀거린다
그렇다, 그게 사는 거였구나, 그게 생이었구나

전화를 걸고 지하철을 타고 우산을 챙길까 말까 망설이고 지갑을 확인하고 잊고 있던 약속 불현듯 떠올리고 기차 시간을 생각하면서 사람을 만나고 손전화를 충전하고 자동차에 주유하고 날짜 맞춰 기념식에 가고 군중 속에서 묵

념하고 같은 모양의 입을 벌려 국가(國歌)를 합창하고 어제 그에게 한 말 뉘우치고 기다리는 소식 오지 않아 접동새처럼 바장이고 컴퓨터를 켜 메일을 확인하고 칫솔을 물고도 발자국 소리에 귀 기울이는 일, 그것이 희망이라며 초침처럼 재깍거리는 일, 가장 거룩한 일은 잘 저물고 잘 일어나는 일

밥을 먹으면서도, 책을 읽으면서도 생각했다, 사는 게 무엇인가를

개나리가 노란 교복을 입고 학교로 가는 아침
자두가 더 잘 익으려고 생각에 골똘한 저녁

* 낙산: 시인의 서재 마을.

인생 사전

—누구나 가졌지만 시로 쓰면 진부한 것

그냥 첨벙 뛰어들었는데 인생이었다
언제나 눈앞에는 보이지 않고
뒤돌아보아야 보이는 그것
우편행랑으론 배달되지 않고
발끝에 머리 위에 모래처럼 쌓이는 그것
아무리 화사해도 빌려 입을 수 없는 그것
도서관에 가면 있지만 모두 남의 것인 그것
때론 놓친 기차같이 아쉽고 못 잡은 무지개같이 설레는 그것
왜 우는지도 모르고 명사산 모래처럼 우는 그것
죄짓지 않고도 성서와 불경처럼 무릎 꿇게 하는 그것
먹는 일 입는 일 사랑하고 미워하는 일로 짠 피륙인 그것
사람들이 흔히 열 권 소설로도 모자란다고 하는 그것
때론 유행가처럼 절실한 그것
봉숭아씨처럼 뛰어나가지 못하고 살구씨처럼 문을 잠근 채 토라진 그것
불행보다는 달콤하고 행복보다는 쓰디쓴 것
아무에게도 배울 수 없고 누구도 가르치지 않는 것
빙벽 등반처럼 아슬아슬 제 힘으로 올라야 하는 것

재봉틀로 수선할 수 없는 것
제 손으로 벼려야 하는 것
낮에는 죄를 짓고 밤에는 참회록을 읽게 하는 그것
벽돌 한 장만 잘못 뽑아도 집 전체가 무너지는 그것
위인전을 읽을 때마다 내가 모래가 되는 그것
그만 놓아 버리고 싶은데 끝내 놓을 수 없는 그것
닦아도 씻어도 걸레처럼 얼룩이 남는 그것
눈앞에는 없고 등 뒤에만 쌓이는 그것
비범한 사람들이 걸어간 발자국을
부지런한 어느 펜이 평전에 담는 그것
소설로 쓰면 생생하고
시로 쓰면 진부한 그것

하루는 언제나 이별을 준비한다

너무 많은 작별을 경험한 나무들은
저녁이 와도 슬퍼하지 않는다
바람에 잎을 씻으며 별을 위한 식탁을 마련한다
마음 한 장에 생의 전부를 맡기던 날도 있었다
저 나무도 그러리라 믿는다
한때 좋았던 시간들이 저를 기억해 달라고 몸을 반짝이면
거울 뒤에 선 사람의 드리운 머리카락에 별빛이 묻는다
어둠이 내일 아침에 입을 옷 한 벌 장롱에 개켜 넣는 동안
오후가 제 큰 옷을 벗어 나무에 건다

사람의 하루는 언제나 이별을 준비한다
꽃을 보듬은 산이 이파리를 덮고 잠든다
이제야 알겠다
롱아일랜드 선셋비치에서 유칼리나무 이름을 일러 주던 소년이 생각나는 이유
깨진 유리 조각에 베인 손이 낫는 이유
내일에게 내일 만나자고 약속하지 않아도 되는 이유

외젠 에밀 폴 그랭델에게

나는 이제 생드니에 갈 수 없다
프랑스 입국 비자가 거절되었기 때문이다
나는 그대처럼 '인간의 지평선'을 노래할 수 없다
내 도시가 공동화되었기 때문이다
'나의 학생 때의 노트 위에/ 나의 책상과 나무 위에'*
네 이름을 쓰는 일은 내가 가장 잘했던 일이다
그러나 지금은 할 수 없다
나의 천 개의 발자국 찍힌 네거리가 봉쇄되었기 때문이다
내 외딴 서재와 질경이풀 돋는 마당에
부챗살 날개를 자랑하던 탁목조가 나를 피한다
탓은 새에게는 없고 나에게만 있다
나는 내 식탁 위에 오르는 빵과 국그릇과
접시와 숟가락을 의심한다
로터리와 광장과 시청과 동사무소를 의심한다
친구와 애인과 갓 배달된 편지 봉투도 의심한다
탈지면을 믿고 비누를 믿고 알코올만 믿는다
나는 서른 날째 골방에 감금되어 있다
창을 넘어 들어오는 햇빛은 어제와 다름없는데
나쁜 소문만 자꾸 문을 노크한다

아, 나의 도시는 새로 시작할 수 있을까
거리와 건물들에는 다시 정맥이 돌 수 있을까
얼굴 흰 소녀가 머리 까만 소년을 만나러 공원으로 갈까
대답해 다오, 외젠 에밀 폴 그랭델**

* 폴 엘뤼아르, 오생근 역, 「자유」, 『이곳에 살기 위하여』(민음사, 1974).
** 폴 엘뤼아르.

피안도품(彼岸道品)

이삭들은 내 손에 닿자마자 이름도 부르기 전에 썩어 버렸다
허리를 굽혀 주우려 하면 호박만 한 열매가 공중에서 내려와 정수리를 때렸다
앉은 자리마다 풀이 마르고 발을 담그면 개울물이 말랐다
견인을 미농 봉지에 싸 두면 어느 날엔가는 생기가 되리라 위독을 빌려 와 마음을 되질하였다
어찌하면 맨손가락 하나로 일생의 영혼이 마실 우물을 파겠는가
가난의 흰색과 욕망의 주홍색이 줄무늬를 이루어 마침내 하늘 옷감 한 벌 얻는다면 어느 산정에서 떨어지는 빗방울 하나에라도 바아바린의 기쁨을 누리리라

오늘 홑적삼을 깁다가 바늘에 손가락을 찔려 솟아나는 핏방울을 보며 깨달았다
사전을 불태워 재를 마시는 날에야 비로소 새 언어를 만나리라는 것을

시를 버리고 시를 찾아야 새 이삭의 시를 얻으리라는 것을

* 검은 땅을 파 금(金)을 얻겠다는 사람이 있다. 그의 채광 곡괭이는 멈출 날이 없다. 언젠가는 금 대신 샘물 한 종지나마 얻을 수 있으리라는 바람으로. 나는 언제 바아바린의 문간에 도착할 것인가?

구룡포에서 오래 생각하다

내 오래 수평을 염원했으나 마음 한쪽은 늘 경사로 어지러웠으니,
세상의 절멸들이 애석해 동쪽 바다 찾아가면
썰물이 밀물을 껴안고 놓지 않는 거기
격랑이라야 대륙을 이기는 물은 아님을 가르치는 곡진소항
모래의 개체수가 제국을 이루었으나
대가야 금관가야 아라가야 성산가야
창연한 이름들은 사라지고 말미잘들의 식탁인 바다만 살아 있다
생각과 근심과 격정과 자책의 혼방 셔츠를 입고
근해에 와서 물방울처럼 몰려오는 생각들로 머리를 빗는다
한 점 꽃이 세상 다녀갈 동안, 한 송이 붉음이
세상 가운데 향기 한 움큼 남기고 가는 동안
너는 무얼 이루고 무얼 못 이뤄 자정을 채근했느냐

아직 아픈 사람과 아직 안 나은 사람과 아직 싸워야 되는 사람과 싸우고도 져야 하는 사람과, 놓아줘도 되는 생

각과 놓아서는 안 될 생각들, 바늘로 다그치며 나에게 물어야 하는 일들, 내 이마를 떠날 때마다 성급히 포획해 온 생각들, 나를 옭아매는 서정의 바깥들

바람과 햇볕이 가르친 것 다 잊어버리고 놀빛에 머리칼만 적시고 돌아온
흰 모래, 청람 바다, 산호초와 물이끼의 구룡포

카펠라의 먼 길

마차부자리를 이끌고 지구로 왔구나, 카펠라,
그 먼 길을 외롬도 참고 식음도 폐하며 쫓아왔구나
무엇이 그리도 보고 싶어서, 무엇을 못내도 놓칠 수 없어서
달리면서 몸 부서지면서 뛰어내렸구나, 카펠라,
너의 별명은 새끼염소, 그러나 너의 걸음은 초속 3억 미터, 네가 오는 시간은 50광년,
너는 강보에 싸인 아기였다가 물장구치는 소년이었다가, 사랑 한번 해 보고 싶은 청년이었다가, 이제는 마흔 지나 쉰 지나 예순이 되어서야 도착했구나
이마에 주름질 나이가 지나갔건만 너의 소년 얼굴은 희고 너의 눈빛은 흑요석이구나
먼먼 길, 야광운 지나 오로라 지나, 과꽃 피는 내 땅 낙산에 기어이 도착했구나, 카펠라,
이제 쉬어라, 짐 벗어 놓고 다리 펴고 내가 지은 고사리 밥이나 한술 뜨렴
겹이불 펴 줄 테니 한잠 깊이 들렴
네가 왔으니 내일은 죽은 살구나무에 꽃피겠구나

석남사 가는 길

마음 하나 일으키는 일이 나라 하나 세우는 일임을 두 개의 산을 넘으며 생각한다

운문산 지나 간월산 지나 얼음골 넘으면 석남사가 구절초 같은 주춧돌 위에 앉아 나래 젖은 나비처럼 기다리고 있다

자수성가한 나무들은 내가 못 놓아 오래 지닌 것을 저리도 쉬이 버린다 나는 가슴으로 슬퍼하고 나무들은 온몸으로 슬퍼한다

내 아픔 전하는 형용사는 너무 많아 이명처럼 아득한 책장 뜯는 소리 혼자 듣다가 석남사 주춧돌에 앉아 천년 전 명멸한 나라 궁전 뒤뜰을 생각한다

낙하하는 나뭇잎의 수를 세던 사람이 오래 견딘 침묵의 방문에 열쇠를 꽂는다 흐르는 물소리가 마지막 음계에 멈추어 있다

기쁨을 색칠하려다 슬픔을 칠하고 만 하루를 넝마라고 하겠는가, 등 뒤엔 내가 수놓듯 만지던 커튼들 방문의 열쇠들 풍경을 바라던 열렬한 창문들

그러나 나는 일생 동안 내 몸을 받친 발의 정직성에 대해 쓰지 못했다

산 굽이굽이 버려둔 생각들이 가을볕에 마르고 있는 시월상달

메소포타미아

걸을수록 조이는 신발, 가까이 갈수록 에는 설렘, 가까이 가면 발목이 잠기는 물살, 글자가 지워진 고문서 메소포타미아 메소포타미아, 그 이름이 즐거워 두 번 불러 보는 나는 생애 동안 그곳에 갈 수 없다

메소포타미아는 물 위에 뜬 네가래풀, 헝겊으로 접은 고추잠자리, 날려 보낸 미농지새, 촉 부러진 만년필

메소포타미아는 없는 사랑, 가장 쓰고 싶었지만 한 번도 못 쓰고 만 편지 구절 혹은 이빨 빠진 얼레빗

나는 언제 티그리스 강가에 앉아 못 이룬 사랑을 위해 울어 보나

아지랑이 백 필의 봄날

그러니까 나비 날개에 마음을 얹어 둔 봄날이었지요, 봄날 중에도 가장 따뜻한 봄의 한복판이었지요.

나생이 씀바귀 잎이 더 새파래지려고 햇빛을 마셔 대는 봄기슭이었지요

그러니까 앞산자락이 자꾸만 신발을 벗어 놓고 냇물 쪽으로 발가락을 내미는 언덕바지였지요

겨울 지나 몸 녹인 돌멩이가 다랭이 논으로 내려오고 싶어 제 발가락을 비벼 대는 한철의 중턱이었지요

그러니까 참다참다 더는 못 참은 산벚꽃이 제 말을 전하려고 뛰어나오는 오르막길이었지요

목 타는 실개천이 벌컥벌컥 개울물을 마시고 온몸이 간지러워진 참꽃봉지가 작년의 적삼에다 분홍을 마구 덧칠하는 자드락길이었지요

그러니까 마음 급해진 개나리꽃이 마을을 향해 수백 개 노란 종을 쳐 대는 구름의 아랫목이었지요

난생처음 배운 봄이라는 말이 자꾸 틀려 나무들이 엽서

같은 꽃잎을 땅으로 흘려보내는 바람 한가운데였지요

오늘은 아지랑이 백 필의 봄날
안귀와 바깥귀를 반대중 접어 홑이불을 만드는 손가락
이 바늘을 시치고 감치느라 발갛게 물드는 하루였지요

꽃나무 아래 책보를 깔아 주었다

겨울 창고 문고리를 따면 가득한 봄이 쏟아져 나온다
냉이꽃 주소 한 장 들고 꽃동네를 찾아간다

오전의 뺨에 연지를 찍어 주고 싶던 시간과 꿈꾸는 딸기에게 동요를 불러 주고 싶던 날들
단추처럼 만지던 모음의 헌사들과 지나고 나면 허언이 되고 말 낙화와의 언약도 담아서 간다

그에게 치마 한 벌 바느질해 입히고 홀로 황홀했던 봄날과
홈질도 박음질도 서툰 내 반짇고리에 날아와 담기는 꽃잎의 말도 보듬고 간다

저 분홍들에게 눈 맞추는 일밖엔, 체온 밴 내복을 빨아 너는 일밖엔
내가 할 일은 없어, 하루만 더 머물다 가라는 말밖엔 전할 안부는 없어

다시 올 삼백예순 날 기다려 나는 피부가 환한 꽃나무

아래
　헌사 대신 하얀 책보를 깔아 주었다

오후 3시가 이마를 밟고 지나간다

바람이 창문에 와서 곧 구름 손님이 올 거라고 기별하고 간다

날씨에 대해 내가 쓸 말은 맑다와 흐리다뿐이다 그 밖의 수사는 생략한다

풀밭에 내어놓은 의자에 햇빛 분말이 쌓이는 오후 세 시는 새로 시작하기도 포기하기도 좋은 시간이다

새들은 공중의 넓이를 잘 알기에 몸이 처지면 날개를 빨리 저어 제 몸을 하늘 복판으로 끌어올리고 나무는 제 잎에 새똥이 묻어도 화내지 않는다 저리 큰 지혜를 나는 갖지 못했다

아직 미완성의 오후에는 생활이 길바닥에 떨어져 뒹굴어도 줍지 않는다 곧 낭비해도 좋을 노을 시간이 찾아올 것이므로 어둠의 끝자락을 밟으면 하루의 뼈가 부러질 것이므로

나무에 대한 편견

나무가 서서 잠잔다는 것은 우리의 편견이다 나무는 밤에도 서 있기 위해 큰 숨을 쉬고 공중에 닿으려고 몸을 솟구친다 제 속을 들키지 않으려고 이파리를 늘리고 제 마음을 숨기려고 열매를 단다

라고 말하는 것은 나무의 생활을 수식한 것이다 생을 다해 크는 일과 생을 다해 꽃 피는 일과 생을 다해 열매 맺는 일과 흙에 닿기 싫은 흰 눈을 어깨에 앉혀 주는 일, 죽어서도 눕지 않고 서 있는 일, 그것이 수식 없이 말하는 나무의 미덕이다

오늘도 나무는 햇빛을 끌어와 푸른 식사를 하고 빗방울을 데려와 낮은 목숨들에게 골고루 나누어 준다 그때 나무, 라고 부르면 나무가 대답한다 푸르고 울창한 이파리의 대답을, 어제 떠나보낸 붉디붉은 꽃무리의 회신을

봄밤의 유혹

봄밤에는 오래 기억하고 싶어서 이별 연습을 하는 연인도 있으리라
단추를 달아 주고 싶다고 와이셔츠 칼라를 만지는 곱슬 바람도 있으리라
우리를 기쁘게 하는 것은 어디 가면 만날 수 있느냐고 안톤 슈나크에게 물어보는 사람도 있으리라

봄밤에는 어둠이 만든 층계를 밟고 사원의 계단을 오르면 기쁘리라
두근거리는 이파리들의 소란을 귀에 담으며 서가로 돌아와 아름다운 말만 골라 쓴 시집을 읽으리라

봄밤에는 누군가가 누군가에게 바친 첫 고백이 달빛에 젖은 채 발등에 떨어지리라
고백은 붉고 뜨거우니 그 말들에 내가 데이리라

봄밤에는 신발을 벗어 머리에 이고 바람을 호주머니에 담고 돌아오리라

내 모습 보이지 않으리라, 아, 그림자가 없다는 것은 얼마나 황홀한가!

바람이 정원을 싣고 다닌다

바람은 정원을 싣고 다니다가 함부로 내다 버린다
철새가 돌아올 때 빈 들판의 표정이 밝아진다
슬픔은 사슴처럼 혼자 있으려 하고
기쁨은 할 말이 많다고 두루미를 날려 보낸다
네 시간 동안 비애를 바느질한 시를 읽었으니
오늘은 부추꽃만 한 슬픔 한 송이는 내려놓아도 되겠다
내 안의 비애는 깨진 유리병 같은 것이어서
하나가 와서 스물을 부르는 흉터가 되는 것이어서,
가슴에 몇 개의 못이 박혔는지를 세는 동안
꽃은 혼자 피었고, 꽃의 무게가 무거워
여름의 길이가 몇 마장 길어진다
계절 바깥에선 상투적으로 장미가 진다
공중에선 아무 일도 없다는 듯
바람이 양털구름을 제조한다
오늘은 봄이 여름옷을 갈아입었다
이것이 정원의 생계다
백년 전에도 그랬듯이

십일월 엽서

흑연으로 쓰는 이 글이 당신의 눈빛에 닿을 때쯤이면 이미 대지는 입을 닫고 수피는 갑주처럼 단단해져 있을 것입니다

딴은 달빛 반려자였던 풀벌레들이 허물만 남기고 흙으로 돌아가고 예감에 젖은 나무들은 이미 알고 있었다는 듯 흰 눈을 맞을 채비를 마쳤습니다

들판에 쓰인 벌들의 헌사는 다 지워지고 나비들의 각주조차 사라졌습니다

나무의 어깨가 좁아지고 미처 못 따라온 장미와 백합의 화사한 의상들이 삭풍을 맞는 저녁이면 경탄 없이 혼자 마실 찬 술이 그리워집니다

별들이 습관적인 노동을 시작하면 당신이 익애하던 마음의 보석들이 흑요석이 되어 누군가의 길어진 꿈으로 건너갈 채비를 합니다

언제가 되면 마음에 철필 지나가는 소리 어두운 산맥을 넘겠지요

벌써 나의 필사는 더뎌지고 초엿새 눈썹달이 싸리울에 걸렸습니다

이젠 손가락이 곱아 마침표를 찍을 때입니다

전주

우리, 풍남동 뒷골목쯤에서나 약속 없이 만나면 좋으리

경기전 돌아 전동성당 지나 어느 간장게장집에 들러 모주 잔이나 두어 순배 돌리고

실타래 같은 세상 얘기 안주 삼으면 지고 온 시름 몇 올 잠시 내려놓을 수도 있을 것 같아,

서울 이야기 정치 이야기는 자물쇠를 채우고 아이들 혼사나 집안의 길흉사 얘기는 도드리로 삼아도 좋으리

남고산 아래 버려진 배추밭 이야기와 한벽당 뒤 걸에 아낙들 빨래하던 시절 얘기쯤은 모주 잔 안주로 곁들여도 되리

그 자리 거나하니 취기 돌면 뉘 먼저랄 것도 없이 뽑는 판소리 한 가락은 수양버들 가지처럼 우릴 휘감으니 나는 그만 대구로 가는 차 시간을 놓치고 말리라, 아니, 짐짓 놓쳐 버리리라

어느새 널브러진 모주 병 여남은 개 상 옆에 뒹굴어도, 그만 일어서자는 사람 아무도 없어 모악산 넘는 달을 소나무 둥치에 매어 놓고 주인에 미안하여 꼬막무침 한 접시 술상에 곁들이면 오목대 내리다가 대님이 풀려 하루 더 머무는 달이 한옥 마을 골목 끝에 방 한 칸 잡아 놓았다고

그제야 등 두드려 채근하는 소리 들리리

완산 전동 문 닫는 야시장을 빼놓을 수 없다고 채근하면 신었던 신발짝도 자주 벗겨지리

오늘 밤은 별빛 아래, 늙은 대목장 손재간 빌려 어제 없던 한옥 한 채 더 늘리리

물

멀리 가는 물이 점차 맑아지는 것은 물이 제 몸을 버리고 다시 일으키기 때문이다 아래로 내려가는 물은 계곡을 씻느라 제 몸이 흐려졌다가 나뭇잎 쑥부쟁이 버러지 솜털을 실어 나르느라 검어졌다가 밭일 끝낸 농사꾼의 장화 씻은 흙탕물에 붉어졌다가 빨래 나온 아낙의 비눗물에 둥둥 떴다가, 그래도 참고 참으며 흘러내리다가 참기 어려우면 행맑은 물소리 한 소절로 알몸을 헹구면서 끝내 걸러 내고 가라앉히며 낮게 흘러 제 몸 투명해져 고요해진다. 상선약수(上善若水)라고 나보다 먼저 말한 이 있다. 그에게 두 번 절한다

삼랑진에서 여여(如如)를 만나다

진리의 궁극은 어떤 것입니까? 양 무제가 물었다. 텅 비어서 성스러운 것도 없습니다. 내 앞에 있는 사람은 누구입니까? 알지 못합니다.

안다는 것이 무엇인지를 아느냐, 아는 것은 안다고 하고 모르는 것은 모른다고 하는 것이 아는 것이다.

밀양시 삼랑진읍 행곡리에는 여여정사가 있다 진여(眞如)를 찾는다는 여여, 인도에서 가랑잎을 타고 중국에 건너간 행려자의 발 내림은 서기 520년, 양나라를 버리고 숭산 소림사에 들어가 9년간 면벽 수행을 했다 신광이 행려자의 가르침을 받으러 찾아와 밤새도록 눈을 맞고 섰어도 답이 없자 팔을 잘라 구도의 정성을 다하여 입실 허락을 받았다 혜가였다 행려자가 숭산에서 사라지자 이단도배들의 독살설이 나돌았다 위나라 대신(大臣) 송운이 사신으로 갔다가 총령고개에서 신 한 짝을 들고 인도로 돌아가는 행려자를 보았다 무덤을 열어 보니 빈 관 속에 신발 한 짝만 남아 있었다 이입사행론을 몸소 실천해서 선종의 이조(二祖)가 되었다

읽는 이가 불편할까 봐 췌사를 붙인다

달마설화에서 빌리고 논어에서 꾸었다, 이치에 들어가는 것은 이입(理入)이고 실천에 들어가는 것은 행입(行入)이다. 선불교의 궁극이다

노령*에 눕다

—장수에서

여기 와 미루었던 답신을 쓰네
아무에게도 애린 보내지 않고 살리라 했던 마음
실꾸리처럼 풀려 잡은 펜 자꾸만 홍역을 앓네
잠자리 마른 발이 밟고 간 하늘을 바라며
자꾸 빗금 진 자네 눈썹을 떠올리네
말을 갖지 않은 메꽃들은 나를 보고
어서 시집가고 싶다고 말하는 게 틀림없네
내가 벌이 되지 못하니 어찌 저 꽃에게 장가들 수 있는가
늦었는가? 여기 와서 멀어진 한 도시에
나 혼자 보관해 둔 사랑을 꺼내 읽네
자네의 미간 아래쪽으론 자동차 바퀴들이
제 살갗을 조금씩 버리며 달려갈 것이네
무사하지 않은 사람들이 무사한 표정으로 수저를 드는
그곳에도
벌(罰)처럼 가을이 와 조금씩 전염될 것이네
나는 시 한 줄로 세상을 요약해 보이고 싶지만
세상은 일만 페이지의 행에도 저 자신을 담지 않네
노령은 높고 저녁은 글썽거린다고 나는 쓰네
상처 속의 길은 멀어 언제나 처음부터 헛디디는 것이네

아무도 노랑나비와 할미새와 말벌에 대해 말하지 않을 때
나는 이슬비 대신 금발 햇살과 꽃들의 십자수와
말매미의 음반에 대해 말하려 하네
괜찮은가, 저 계곡물의 백 개의 입에 대해 다 말했으니
이만 펜을 놓네, 무사만 해서야 되겠는가
늘 두근거리는 죄책으로 하루를 물들이게

* 노령: 노령산맥. 장수: 전북 장수군.

주막
—박달재에서

주막은 주막이 아니라 酒幕이라 써야 제격이다
그래야 장돌뱅이 선무당 미투리장수가 다 모인다
그래야 등짐장수 소금쟁이 도부장수가 그냥은 못 지나가고
방갓 패랭이 짚신감발로 노둣돌에 앉아 탁주 사발을 비우고 간다
그래야 요술쟁이 곡마단 전기수들이 주모와 수작 한번 걸고 간다
酒幕은 으슬으슬 해가 기울어야 제격이다
번지수가 없어 읍에서 오던 하가키가
대추나무 돌담에 소지처럼 끼어 있어야 제격이다
잘 익은 옥수수가 수염을 바람에 휘날려야 제격이다
돌무지 너머 참나무골에는 여우가 캥캥 짖고
누구 비손하고 남은 시루떡 조각이
당산나무 아래 널부러져 있어야 제격이다
시인 천상병이 해가 지는데도 집으로 안 가고
나뭇등걸에 걸터앉아 손바닥에 시를 쓰고
그 발치쯤엔 키다리 시인 송상욱이 사흘 굶은 낯으로
통기타를 쳐야 제격이다

주막은 때로 주먹패 산도적이 공짜 술 내놓으라고
으름장을 놓아야 제격이다
주막, 주먹 왈패 풍각쟁이 벙거지들이 다 모인 酒幕
지까다비 면소사 고지기 벌목장들이 그냥은 못 가고
탁주 한잔에 음풍농월 한가닥 하고야 가는 酒幕
한번 싸워 보지도 못하고 인생에 진 사람들이
인생의 얼굴을 몰라 아예 인생이 뭐냐고 물어보지도 못한 사람들이
무명 베옷 기운 등지게 자락을 보이며 떠나가는 酒幕

3부

보내 주신 별을 잘 받았습니다

닷새째 추위 지나 오늘은 날이 따뜻합니다
하늘이 낯을 씻은 듯 파랗고
나뭇잎이 어린 동생들을 데리고 소풍 나오려 합니다
긴소매 아우터를 빨아 놓고 흰 티를 갈아입어 봅니다
거울을 닦아야 지은 죄가 잘 보일까요
새 노래를 공으로 듣는 것도 죄라면 죄겠지요
외롭다고 더러 백지에 써 보았던 시간들이 쌓여
돌무더기 위에 새똥이 마르고 있네요
저리 깨끗한 새똥이라면 봉지에 싸 당신께 보내고 싶은 마음 굴뚝입니다
적막을 끓여 솥밥을 지으면 숟가락에 봄 향내가 묻겠습니다
조혼의 나무들이 아이들을 거느리고 소풍 나오는 발자국 소리가 들립니다
오늘은 씀바귀나물의 식구가 늘어났네요
내 아무리 몸을 씻고 손을 닦아도 나무의 식사에는 초대받지 못했습니다
밤이 되니 쌀알을 뿌린 듯 하늘이 희게 빛납니다
아마도 당신이 보내 주신 것이겠지요

잘 닦아 때 묻지 않게 간직하겠습니다
보내 주신 별을 잘 받았습니다

살아오면서 나는 아무것도 미워하지 않았다

내가 이 세상 지붕 아래 주소를 두는 동안
나는 아무도, 아무것도 미워하지 않았다
미움이 보리싹처럼 돋으면 빗물로 새 움을 씻어 주고
슬픔과 기쁨의 누비옷을 갈아입으며
실핏줄 같은 세상의 복판을 혼자 걸어왔다
이파리들이 붉은 열매를 다는 길 위에선
가슴이 종잇장 같은 사람도 만났다
나는 컬러판 인생을 꿈꾸지 않았다
강물 휘는 어느 곳에서는
들깻잎같이 푸른 삶도 있으리라 믿었다
발밑에 부서지는 모래의 비명을 들으며
들길 백 리 물드는 저녁놀에 경탄했다
어두우면 길모퉁이 가로등 하나
약속처럼 반짝이리라는 믿음을 안고
혼자라도 여럿인 듯 발자국 헤며 걸었다
오늘은 메밀꽃이 외씨처럼 하얘지는 밤
살아오면서 나는 아무것도 미워하지 않았다

시 가꾸는 마을

채소도 아닌데 어떻게 시를 가꾸느냐고
사람들은 핀잔하고 새는 노래한다
이런 때는 사람보다 새가 시를 가꾼다
산속 마을은 골마루처럼 깊어 실로폰 바람 지나가면
마당가엔 아직 이름 불리지 않은 풀꽃들 있어
단추꽃 댕기꽃이라 짐짓 불러 보는데
꽃나무는 저 부르는 이름인 줄도 모르고
나흘 전 흙에 묻은 상추씨만 젖니 같은 이파리 밀어 올린다
시는 읽는 것이지 가꾸는 것 아님을
알면서도 모른 체하는 책상과 난로들
여기서 실낱같은 생각 하나 가락지 낄 수 있다면
하늘 스무 평 공짜로 얻은 셈은 되지 않을까
열 사람 가고 혼자 남은 저녁에게 말 걸면
저녁이 저도 외롭기는 마찬가지라고
달빛을 끌어다 방석을 내주기도 한다
이럴 땐 슬픔이 새끼 쳐 좋알대지만
나는 그에게 줄 좁쌀 한 홉도 마련하지 못했다
사람은 가도 저녁은 남아 담요처럼 깔리는 적요

왔다가는 가 버리는 하루에 시비 걸 마음은 없으나
어느 하루도 공으로는 다녀가지 않는
밤이 떨어뜨리고 간 바늘 같은 저 저녁별!

무한의 빛깔

가끔은 새 울고 간 뒤의 고요에 깃들었지요
새들은 왜 내 베란다를 죽음의 장소로 택했는지 도무지 알 수 없어요
그의 작은 무덤을 삽으로 파며 그 새는 언젠가 나와 눈 맞춘 적 있는 새가 틀림없다고 입속말로 뇌었어요
바람에 몸을 흔드는 석양 녘의 수숫대는 무얼 전하고 싶은 걸까요
놀빛이 옷깃을 적시는데, 솜벌레가 오늘 먹던 잎사귀를 남겨 놓고 꼬부려 잠을 청하는데
아직도 철봉에 걸려 있는 일 학년의 책가방은 쌀 씻다 쫓아 나온 어느 어머니가 가져가겠지요
영원의 빛깔이란 안마당에 혼자 붉은 맨드라미의 꽃술뿐인데
베란다에 전등을 달아 준 옛날 친구의 우연히 찾은 필적에 눈시울이 뜨거워지네요
안 되겠어요, 먼지 낀 서가에서 다시 내 소년을 울게 했던 낭만 소설이나 찾아 읽어야겠어요
행복은 행복을 꿈꿀 때 가장 행복하다는 누군가의 시를 말이에요

여름산

골짜기를 잠가 버리면 구름은 어디로 흐를 거냐며 뻐꾹새가 운다

철쭉이 너무 붉으면 산이 불타 버릴까 봐 소쩍새가 운다

개울물이 내려오면서 자꾸 뒤를 돌아보는 것은 여름 별이 눈부셔 어린 토끼가 길을 잃을까 걱정되기 때문이다

너무 조용하면 산이 강을 만나러 가 버릴까 봐 꿩의 목이 쉬고 그 소리에 낮잠 깬 도라지꽃이 보라색 저고리를 갈아입는다

아침 안개 산으로 올라가는 소릴 들으려고 노루가 장독 깨지는 소리로 운다

언제 오면 가장 반갑겠냐며 오동나무 아래서 라일락이 진다

아무 일도 안 일어나는 날이면 내가 손에 쥔 유리잔을 떨어뜨려 깬다

이것이 모두 여름날 정오에 일어나는 일들이다, 더 있지만 이만 쓴다

가을의 규칙

나의 하루는 언제나 저녁이 오는 방향으로 걸었다
나와 눈 닿았던 사람들이 앉았던 벤치에 차츰 온기가 사라지고
붉게 핀 칸나를 자르는 가위에 흰 피가 묻는다
나는 벳사이다가 지구의 어느 땅에 있는가를 물을 때마다
어김없이 오는 가을의 규칙을 생각했다
음악은 늘 고요를 딛고 와 내 귀에 소왕국을 세운다
그 나라는 휴식할 수는 있어도 통치할 수는 없는 소리의 제국이다
햇빛의 비수에도 나무는 살을 베이지 않고
어떤 침엽수도 제 바늘로 빗방울을 찌르진 않는다
숲으로 가는 사람의 어깨에 나뭇잎을 내려보내며
가을은 땅 위에 재어지지 않는 큰 발자국을 남긴다
못 부른 이름들이 부른 이름보다 더 많은
이 가을을 무슨 가슴으로 다 껴안을 것인가
아침이 푸성귀의 입으로 말한 것을
다 잊어버리고 비로소 잠의 낭하를 걸어가는
맨드라미도 눈 감는 늦은 가을 저녁

그리운 베르테르

—언어 최후의 사랑 노래

슬픔이 명사여야 하는 이유를, 그리운 베르테르여, 그대는 아는가
나는 비애를 씻어 서까래에 걸어 놓고 지나간 3세기를 건너 그댈 만나러 간다
어디서 울리는 한 발의 총소리가 그대와 나의 거리를 깨뜨려
나는 동양의 우수를 안고 바이마르의 비애를 만나러 간다
개울물이 광목 같은 얼음이 되어야 건너는 철쭉길을 밟고
흰 타월 같은 소년의 가슴에 물길 내어 그대 볼프강을 만나러 간다
하늘에 띄운 꼬리연을 따라 가면 이내 죽음에 이르는 계곡
에밀리아 갈로티가 수선화분처럼 놓인 그대 책상의 피는 아직도 마르지 않았다
그대 아니면 누가 이토록 아름다운 자살을 창조하겠는가
벨벳같이 아늑한 무덤 위에 그대는 롯데의 이름을 영원으로 새겨 두고
인간의 언어로는 그녀의 아름다움을 묘사할 말이 없어

차라리 그녀의 손이 닿았던 바르하임의 그 옷을 입은 채 검은 땅에 묻히게 해 달라는 간구를 들으며

그대가 건국한 언어 최후의 나라에 입국한다

출렁이는 슈투름 운트 드랑이 동양의 끝, 경상도까지 건너왔으니

나는 이제 정맥 속에 오시안의 노래를 심으며

귀 기울이지 않아도 들리는 세상의 사랑 이야기를 한국의 언어로 번안해 놓으리

부탁하노니, 내 노래가 죽은 이들만의 노래가 아니기를

내 노래가 살아 있는 사람들의 노래, 이제 갓 사랑에 눈뜬 사람들의 노래이기를!

이 흑연의 기록이 나의 언어가 아닌 그대의 핏빛 언어가 되어

등 뒤로 사라진 18세기의 잠을 깨우기를!

바라노니, 질풍노도여, 죽음에 이르는 사랑이 아니라면

영원이라 불리는 흙 속의 잠을 깨우지 말기를

게르만어가 아닌 내 언어가 폭풍이 되지 못한다면

남편, 아내, 애인, 그런 세상의 명사로도 남지 말기를

형언이 모자라 다른 이름으로 명명할 수 없어

다만 사랑이라는 이름으로 불리는 홍보석 언어
흙 속에서도 썩지 않고 꽃으로 필, 흑요석 명사이기를!

신생대의 아침

나무가 잎을 피우는 것은 나무가 식욕을 되찾았다는 것이다
그들의 겨울 밥상이 가난했으므로,
나무가 꽃을 피우는 것은 나무가 성욕을 되찾았다는 것이다
사월이 그들의 속치마를 데웠으므로,
나무는 어디에 위가 있고 어디에 항문이 있을까를
섬단추꽃에게 묻는 아침은 나에겐 신생대의 첫날이다
제 얼굴이 추해지기 전에 온몸을 던져 투신한다는
동백꽃이 아직은 청춘이라며 목젖을 내놓고 보컬을 연주하고 있다
조금 있으면 초청장도 보내지 않았는데
날개에 풍금을 실은 연미복 도도새가 셔플을 출 것이다
오늘은 꽃에게도 유방이 있다는 것을 믿기로 한다
끝까지 숨기면서 끝내 들키고 마는 젖꼭지가 있다는 것을 믿기로 한다
잠시만 기다리면 더 풍만해진 속살을 보이려고
한껏 벼른 옷을 입은 말나리꽃이
목젖에 흑연을 물고 외출할 것이다

서둘러 백지를 준비해야 한다
저 백합 연필심을 빌려 신생대를 위한 시를 써야 하므로

각북*에서 쓰다

한 달 전 도착한 코비드일기를 詩상자에 담아 우송합니다 받기 전 두려움에 지레 갑주를 준비하지 않아도 됩니다 날씨 맑고 기온 영상입니다 나나니벌은 아직 오지 않았고 흰줄팔랑나비만 금방 도착했습니다

마음이 한 장인 사람과 마음이 스무 장인 사람의 하루의 길이는 같지 않습니다 어떤 감정은 빗물처럼 흘려보내고 어떤 감정은 못질을 해 박아 놓았습니다 어찌하면 즐거움을 수바늘로 박음질해 반짇고리에 담아 둘 수 있을까요

아시는 대로 답장 주시면 오래오래 옷깃에 기워 놓겠습니다 차제에 색실 골무 코바늘 헝겊 들도 함께라면 더 좋겠습니다

오늘 저는 강을 건너며 물속에 산이 크는 걸 보았고 수심에 나무들이 거꾸로 자라는 걸 보았습니다 원하시면 그것도 동봉하겠습니다

대수롭지 않겠지만 제 가진 필통 속 연필 지우개 분도기

와 재키칼과 강 건너며 본 앞산과 꽃 핀 명자나무와 내게 온 어린 하루도 동봉하겠습니다

당신과 나의 봄을 훼방 놓은 이 병원균을 무슨 말로 형언하겠습니까 안심입명이란 말을 사전에서 한 번 더 찾아보았습니다 소문 흉흉하지만 참고 견디면 곧 살구꽃 벚꽃이 벌들의 신접살림을 차려 줄 것입니다 저기 각시붓꽃 병아리난초들이 제 차례를 기다리는 모습이 보이네요

* 각북: 경북 청도군 각북면.

백서(帛書)

— 시에게

파꽃을 보면 피는 일이 아픔이란 걸 안다

한랭 정월을 견딜 내복 두 벌만 있었어도 내 소년은 유미주의자가 되었을 것이다
철쭉빛 소년을 끌고 가다 일부러 길 놓치고 무지개 언덕으로 걸어가는 탐미주의자가 되었을 것이다

내 청년은 봄바람의 치맛자락을 만지며 맨살이 눈부신 순금 햇살 속에서 마침표 없는 문장을 쓰는 예술지상주의자가 되었을 것이다

삼만 삼천의 내게로 온 나날, 집과 돈을 만들고 자식을 키우는 날들을 엎질러 버렸다면
나는 산봉에 걸린 저녁놀 같은 연애지상주의자가 되었을 것이다

치차 같은 세월과 노래가 된 사랑, 시가 된 연애, 그 헴가림 없는 헌 옷의 사랑에 웃고 울었나니

그것은 어떤 허구로도 어떤 세밀화로도 그릴 수 없는 자정의 산그늘

삼백 리 흰 눈길에 뿌린 진홍색 핏방울

아지랑이의 소리 끈

아지랑이의 공중 부양에는 수백의 계단이 있다
그리로 가려면 먼저 신발 끈을 조여야 한다
오름길에는 꽃물무늬 블라우스에 이슬이 맺히지만
내림길에는 번번이 속옷마저 앗기고 만다
아, 하고 첫 음을 뗄 때마다 입안에 가득 담기는 물방울은
영롱하다 못해 금은 부딪는 소리를 낸다
기체의 몸이 젖지 않으면 가위로 마름질해
찬연한 의상을 지을 수도 있지만
그 비로드의 실타래는 몸에 닿는 순간
빛의 잔해로 공기 중에 산화된다
만질 수 없어서 더욱 마음 에는
수십 수백의 세포를 누군가는
고혹이라 부르기도 하지만
아무도 그 뇌쇄를 지어 옷 입을 수는 없다
아지랑이의 실바람 무희는 추상의 가족이어서
손에 잡는 순간 그 육체는 무화된다
아지랑이는 긴 소리끈을 가졌다

사랑이라는 생물

내 호주머니엔 언제나 당신이 닦은
흰 티슈
당신의 루주가 묻어 버릴 수도 없는
입술 자국
내 시간 앞에는 나보다 먼저 당신을 맞으러 나간
목이 길어진 아이

당신 속으로 풍덩 빠져들면 영영
돌아 나올 수 없는 심연
떠나고 난 뒤 가슴속에 오래 남는
주황색 등불
윗도리에는 백만 장의 잎사귀를 피워 놓은
사랑이라는 생물

오슬로로 보낸 시집

겨울엔 눈의 도시 오슬로에 가서
타이가 아래 시집 한 권 두고 올까 한다
북극해는 추워 아무도 시집을 안 읽으면 어때
그러면 펭귄이나 도요새가 읽을지도 몰라
추운 펭귄 도요가 안 읽으면 어때
그러면 썰매 끄는 시베리안 허스키가 읽을지도 몰라
발 시린 허스키가 안 읽으면 어때
그러면 눈전나무나 가문비나무가 읽을지도 몰라
어깨 무거운 전나무 가문비나무가 안 읽으면 어때
그러면 흰 눈을 밟고 간 북극여우 발자국 위에
시집 한 권 놓아두고 오려 한다
사람이 안 읽는 페이지는 북극 계절풍이 넘기며 읽을 것이다
얼지 않은 세상보다 언 세상이 나는 좋다
얼어서 썩지 않은 세상이 좋다
(이 말을 쓸 때 나는 내 나라가 근심스럽다)
백야를 건너온 홍모인들과 함께
북극성을 손가락으로 가리키며

한국 시를 노르딕어로 읽어 줄까 한다
겨울엔 눈의 도시 오슬로에 가서

눈을 위한 밸런스 1

눈은 왜 숲속에서만 흰옷을 갈아입을까
아름다운 음악은 왜 숲에서만 태어날까

나는 작년과는 다른 눈을 만나러 간다
작년보다 더 아름다워진 눈을 만나러 간다

흙 속에 묻힌 무 싹이 노란 손가락을 밀어 올리는 날
아직도 새로 쓰일 시 같은 눈을 만나러 간다

눈 속엔 눈보다 더 아름다운 사람들이 사는 마을이 있을 것 같다
그 마을에 당도하면 이런 시를 읽어야 한다

에밀리 디킨슨의 루핑 지붕을, 루이제 카슈니츠의 오두막집을, 앤드루 마블의 연인이 잠든 침실을, 국화꽃 시든 도연명의 초막을, 진달래꽃 피었다 진 소월의 무덤을, 무덤을 손으로 닦아 주는 깨끗한 눈을

디셈버 모닝*

한때 나는 소멸을 사랑했다
조금만 더 흔들리다가 잠들겠다며
조금씩 겨울 쪽으로 발을 옮기는 풀잎들을 사랑했다
지붕 아래 두고 간 맨드라미 씨가 궁금해
처마까지 내려온 산 그림자
모피 외투에 내리는 싸락눈을 사랑했다
너무 쉽게 잊혀진 봄 풀, 패랭이꽃 잎사귀에 남은 온기
야윈 길이 껴안는 산자락, 햇빛 쪽으로 몸을 기울이는
처진 나뭇가지를 사랑했다
서랍에서 우연히 발견된 오래된 악보, 지워진 음계
음반 속에 멈춰 있는 디셈버 모닝을
작곡한 그 사람의 흰 손
구월이 다치지 않고 뒤따라왔는지
한번만 뒤돌아보는 십이월을 사랑했다
그가 아니면 언 몸을 누일 데 없는 흰 눈을
그가 아니면 편안을 맡길 수 없는
하얀 뿌리들을 사랑했다.

* 디셈버 모닝: 팝 뮤직, 「셉템버 모닝」의 변형.

아픈 날마다 꽃모종을 심으리니

가르마길 아홉 번째 구비에서 돌아오리니

붉나무 아래서 모르는 새〔鳥〕 이름을 새로 지으리니

뭉게구름을 내 고안대로 건축하리니

햇빛보다 투명해지는 연습을 다섯 번 하리니

어제 만난 사람 이름 잊기 전에 수첩에 적어 놓으리니

아픈 날마다 풀밭에 앉아 꽃모종을 심으리니

천 번째 놀러 온 저녁놀을 황홀 사전에 등기하리니

냉이꽃

저 작은 몸은 풍경을 만들지 못한다 풍경 속에 숨어 풍경의 세부가 된다 처음 태어난 땅이 낯설어 물음으로 흔들리는 영혼의 저 홑옷, 흰빛은 모든 빛을 다 돌아온 마지막 빛이다 그래서 쓰리고 아픈 빛 온몸이 입술인 저 무늬는 삼월의 모서리를 다 채우고도 남는다 꽃의 형식이 이리도 단순해 작은 이슬 한 방울에도 온몸이 젖는다 냉이꽃 이름은 꼭 한글로만 써야 한다 다른 말로 쓰려면 최빈국의 언어여야 한다 외로움은 그가 가진 전 재산이다 그의 가난에는 첨언할 내용이 없다

하느님께 보낸 편지
—어떤 동화

베트남 꾸이년에는 너무도 가난해서 하루에 한 끼밖에 못 먹는 시인이 있었다지요 시인은 배가 고파 하느님께 편지를 썼다지요 저에게 한 해치의 밥과 한 벌 옷을 보내 주실 수 없겠느냐고요 우체국 직원들이 발송을 하려다 수신인이 하느님이라 어디로 보내야 할지 몰라 봉투를 뜯어 보곤 성금을 모아 시인에게 보냈다지요 답장을 받아 본 시인이 봉투의 돈이 너무 적은 것을 보고 놀라 말했다지요 이건 하느님이 보낸 것이 아니다 하느님이 이렇게 인색할 리가 없다 그래서 하느님께 다시 편지를 써서 돈을 조금만 더 보내 달라고 했다지요 끝내 답장을 못 받았다지요

일찍이 나는 이보다 더 순하고 앙증스런 이야기를 들은 적이 없습니다 시인은 왜 가난해야 할까요 시인은 왜 이다지도 우직해야만 할까요 아직도 시인은 하느님께 편지를 쓰고 있을까요 이 소담(笑談)을 전해 준 시인은 지금 우리 곁에 없습니다

* 이 이야기는 이본(異本)이 많으나 시로 쓰인 적은 없기에 오래전 황금찬 시인에게서 들은 기억을 되살려 변형시킨 것이다.

고 1 교과서

고 1 교과서에는 시를 싣지 마세요
그들의 가슴이 전부 시인데
무슨 색깔의 말들이 필요하겠어요
머리카락이 모두 흰구름인데
단추 속이 모두 멜로디인데
손으로 만든 시가 무슨 소용이겠어요
그냥 두어도 그들의 가슴속엔 천 송이 꽃이 피고
그들의 핏줄에는 백 리 밖 강물소리가 들리는데
무엇 하러 몇 마디 말로
그들의 심상을 옥죄겠어요
그냥 두세요, 시를 가르치지도, 시험 치지도 마세요
그들의 가방 속에는 세상에 없는 계절이 피어나는데
그들의 일기 속에는 국경 없는 나라가 건국되는데
무엇 하러 올이 흐린 시를 가르치겠어요
그들에겐 시를 베고 잠들 수 있게
잠들어 뭉게구름 같은 꿈을 꿀 수 있게
고 1 교과서에는 시를 싣지 마세요

■ 작품 해설 ■

영원의 시간, 잠시의 삶, 삶의 승화

김우창(문화사가·고려대 명예교수)

1

이기철 시인의 새 시집이 나온다. 독자로서 이들 시에 대하여 우선 갖는 느낌은 시들의 언어가 간명하고 균형 있는 문장을 이루고 있어서, 일단 접근이 쉬운 시들이라는 것이다. 그러나 그에 대한 완전한 독해에 이르는 것은 그렇게 쉽지 않다. 그렇게 하기 위해서는 한 편 한 편의 시가 독립된 작품이면서 동시에 큰 구도 속에 놓여 있다는 것을 알고, 그 구도에 일정한 의미 체계가 숨어 있다는 것을 아는 것이 필요하다. 지금 여기의 글은 시집에 부치는 하나의 첨가물, 췌사(贅辭)에 불과하지만, 필자는 독해를 위하여 시집에 들어 있는 의미 구도를 몇 가지로 추적해 보고자 한다.

영원과 잠시. 이기철 시인은 이 시집의 시들을 쓰는 동안 이 원제(原題)에 대해 오래 생각한 것 같다. '영원'과 '잠시'는 모순관계에 있는 시간의 상태 또는 체재지(滯在地)를 말한다고 할 수 있다. 시인은 영원과 그 반대되는 잠시라는 시간을 생각하는데, 어느 쪽이 '따뜻한 저녁'이 있는 곳인가를 묻고 있는 것으로 보인다. 일단 따뜻한 저녁, 사람이 바라고 기대할 수 있는 거주지가 어느 곳인가를 묻고 있는 것이다. 영원에 대조하여 사람 머무는 시간이 '잠시'라고 하여야 할 삶의 시간을 가리키는 것이라 한다면, 아마 영원은 따뜻함이나 추위, 한난(寒暖)을 초월한 그리하여 인간적인 관점에서는, 냉랭한 곳, 쌀쌀한 곳으로 생각될 수 있는 어떤 곳일 것이다. 그렇게 보면, 영원에 발을 딛고 있는 사람은 그곳이 냉랭한 곳이기에, 덧없는 시간으로 인식될 수 있고, 잠시의 삶은 그런대로 '따뜻함'을 찾을 수 있는 곳이기에 아늑한 삶의 장소라고 볼 수 있을 것이다.

아니면 그 반대의 경우도 생각할 수 있다. 우리가 있는 이곳은 잠시의 삶을 사는 곳이라고 할 수는 있지만, 그렇기 때문에 우리는 영원한 세계를 그리워하고 그곳에서 이 세상의 냉랭함을 보상해 줄 위안을 찾는 곳이라고 할 수도 있다. 사람이 사는 삶은 이 세상의 것이고 사람의 추구가 어떤 것이든 간에 그것은 여기, 이곳의 조건 속에서 일어나는 일들의 추수(追隨)이기 때문이다. 일상적 삶이 있고 자연이 있고 또 그러한 것들을 여러 형태로 구성하는 사회가 있고 사회 구성을 조정하는 이념들이 있다. 시는 이러한 삶의 구성에 일정한 역할을 맡는다. 이기철 시인의 근본적인 관심은 '영원'과 '잠시'의 조화에 있지만, 그것을 구성하는 여러 현세적 요인에도 그런 관심이 놓이지 않을 수 없다는 증좌를 이 제목의 상고(詳考)에서 충분히 짐작할 수 있다.

되돌아보는 시적 탐구. 많은 지적 탐구 또는 정신적 탐구는 이러한 요인들 사이의 방황, 탐색, 그리고 새로운 가능성을 함의하며 그것이 이번 시집의 특성으로 부각되어 있다. 그리하여 소년 시절에서부터 시작한 그의 시적 역정도 그만큼 긴 것이 되어 일단의 회고(回顧)와 반성적 성찰이 자연스러울 수 있는 시점(時點)에 이르렀다 할 수 있다.

시집의 구성. 이번의 시집은 각기 조금씩 길이의 차이를 가진 세 부분으로 이루어져 있다. 사물에 대한 미시적 관찰은 시집 전체에서 볼 수 있는 것이지만, 그것이 특히 주제가 되는 것은 제1부에 실린 시들에서이다. 제2부는 거기에 포함되어 있는 시 그리고 삶의 체험의 대상들이 이 시점의 삶에서 주제 그리고 시적 순간들이 된 것을 다시 포착하고 있는 것으로 보인다. 여기에 대하여 제3부의 시들도 과거의 회상에서 포착되는 시적 순간을 놓치지 않고 다시 그려 내고자 한다. 이 시적 순간이란 다분히 낭만적 상상력이 포착했던 영상들이다. 그리하여 시인은 이 낭만적 영상, 설화, 대상의 대긍정을 갈무리하고 육성해 현재적 시간의 의미로 전화(轉化)하려 한다.

2

시적 탐구의 독특한 의미. 시의 주제를 체계화하는 것은 시를 손상하는 면이 있을지도 모른다. 그러나 일정한 시각적(視覺的) 통일의 접근이 없이는 이번 시집에 실린 시를 의미 있게 읽어 내기가 어렵지 않을까 한다. 뿐만 아니라 여기의 시들의 시각을 확정하는 데에는 시와 시의 소재로서의 현실의 관계에 대한 특정한 이해가 선행되어야 한다고 할 수 있다. 모든 시가 그렇다는 것은 아니지만, 시는 현실의 한순간을 포착하고, 그 포착을 통하여 그 순간은 잃어버린 것을 되찾는 시간, 더 나아가 영원한 것으로 변성 승화(昇華)하는 시간의 길 찾기라고 할 수 있다.

시적 계기의 탐구. 나는 최근의 《더뉴리뷰오브북스》(*The New Review of Books*, 2020년 12월 3일자)에서 우연히 폴 발레리의 시에 관한 글을 읽었다. 그것은 발레리의 시와 산문의 영역본 선집이 출간된 때문이었다. 그것을 소개하는 글에는 당연히 그의 시에 대한 특이한 견해가 실려 있었다. 이 발레리론의 필자 클레어 메수드(Claire Messud)가 반드시 발레리 전문가라고 할 수는 없지만, 발레리의 "순수시(la poesie pure)"에 대한 요약은 그런대로 설득력이 있는 것이었다.

발레리는 시와 산문을 철저하게 다른 언어의 사용 방법으로 보았다. 둘을 구분하는 데에는 여러 가지 특징을 들어 말할 수 있지만, 제일 간단한 비유로 그것을 설명한다면, 산문과 시의 언어의 차이는 길을 걸어가는 것과 춤을 추는 것의 차이에 비교할 수 있다. 길을 간다는 것은 한곳에서 다른 곳으로 옮겨 가는 것이고, 거기에 중요한 것은 효율적인 이동을 위한 몸동작이다. 이에 대하여 무도에서 핵심에 놓이는 것은 어떤 실용적인 목적이 아니라 몸의 움직임이 그려 낼 수 있는 아름다움이다. 산문에서 지표가 되는 것은 의미 전달이다. 이때 언어는 사회적인 의미, 의사 또는 의도를 전달한다. 그 언어는 사회 관습을 따르고 대화 상대가 알아들을 수 있는 것이라야 한다. 그런데 시의 언어는 그 자체의 몸가짐을 보여 준다. 그리하여 언어가 가지고 있는 소리, 음률, 형식 등이 중요하고, 어떤 경우에 있어서는 시는 순수하게 음률적 요소만으로 구성되는 것이라고 할 수도 있다. 시적 언어가 자신의 아름다움을 순수하게 보여 주는 것이라면, 그 언어는 언어를 넘어간다는 것을 의미한다. 그러면서도 언어로 남아 있어서, 그것은 '언어 가운데의 언어'가 된다. 그러한 언어의 한 열매가 '순수시'이다.

이 순수시는, 다시 말하건대, '의미'를 넘어 '음률'에 충실한 언어 사용이다. 말을 구성하는 것은 소리와 의미이다. 산문에서 소리는 의미 전달의 수단이고 그것으로써 소리로서의 언어는 소멸된다. 그러나 시에서 소리는 소멸되지 않는다. 그리하여 시는 소리 또는 음률의 화합음(化合音)이 된다.

그러나 시의 언어가 사실적 의미를 전적으로 넘어가는 것은 아니다. 소리의 음악에 집중하면서, 그것은 사람을 움직이는 여러 힘들을 다른 현상으로 조합해 낸다. 시가 되는 말은 그 자체로 우리의 주의를 끌어간다. 그러면서 그 언어가 불러일으키는 힘에 주의를, 특히 시인의 주의를 끌어간다. 그리하여 그 언어적 주제에 감추어 있는 의미의 가능성(현실의 가능성)을 탐구하게 한다. 사람의 의식에는, 발레리가 세분하여 말하는 바로는, '예시(豫視), 탐색, 욕망, 구상, 정신의 소묘, 두려움의 예감…… 등'이 작용한다. 시인은 이러한 일상 언어의 관심으로부터 떠나가면서, 다시 그러한 요소들을 포함하는 사실 세계를 시사한다. 그리고 일상 언어가 자기 견해의 표현인 만큼, 시의 의미도 그것이 어떤 것이든지 간에 자아에 이어진다. 시인은 현실에 부딪쳐 어떤 음률과 착상에 이끌린다. 그로부터 출발하여, 언어 속에 포함되어 있는 삶의 여러 의미와 자세를 면밀하게 검토한다. 이 검토의 과정에서 시구가 탄생한다. 그러면서, 조금 전에 비친 바와 같이, 이 시구는 시인의 시적 사고의 과정에서 결과해 나온다. 그런데 이때, 이 탐구를 주제하는 것은 무엇인가? 언어에 작용하는, 인간 현실에 뿌리내리고 있는 현실에 작용하는 언어의 주체는 무엇인가? 그것은 주어진 현실, 언어에 드러나는 현실에 작용하는 '정신'이다. 그러면서 이것은 시인의 자아이기도 하다. 그러면서 거기에 움직이는 자아는 놀랍게 '나'를 넘어가는 '나'이다.(발레리, 「시와 추상적 사고」) 시인은 시의 음률과 의미와 그 주체로서의 자아, 이것들을 담지(擔持)하고 있는 언어를 헤쳐 보이는 것이다.

시적 탐구. 이러한 시 창작에 대한 발레리의 말을 들으면서, 한 가지, 주목하고 싶은 것은, 위에서 간단히 언급한 바, 시의 음악,(전통에서 음률로 또 시법(詩法)으로 정착하는 시의 음악) 그리고 언어의 의미, 이 둘의 결합으로 태어나는 시의 소재를 탄광에서 발굴해 내는 광석에 비유한 것이다. '땅속에 있는 모든 귀중한 것들, 금, 다이아몬드, 석재(石材), 이러한 것들은 여기저기 산재하고, 바위나 모래 틈에 숨겨져 있다가, 우연히 발견되는 경우가 많다……'. 시의 재료도 그러하다. 이러한 시의 자재에 대한 발언은 물론 그 자체를 위해서보다는 이러한 광석들을 채굴하고 가다듬는 지적 노력을 강조하기 위한 것이다. 시에도 산문에 못지않게 지적 노력 또는 '정신'의 각고(刻苦)하는 노력이 필요하다는 것이다. 그런데 여기에서 특히 그것을 다시 말하는 것은 이번 이기철 시인의 시집에는 그러한 광석(鑛石) 채굴을 상기하게 하는 시가 많기 때문이다. 이번 시집은 시인의 시적 과거의 회상들로 이루어졌다고 할 수 있다. 회상의 대상이 되는 것은 시력(詩歷)의 처음부터 오늘날까지 시인을 끌었던 여러 심리적 사실적 동기, 즉 다분히 낭만적인 매력으로 그를 끌었던 동기와 주제들이다. 그리하여 그것이 어떻게 그의 시적 역정(歷程)을 이루었던가를 조밀하게 보여 준다. 그러면서 그것들이 어떻게 시적 원광(原鑛)이 되고 삶의 지표가 되었던가를 확인하게 한다.

3

연필 깎아 쓴다. 이기철 시인은 필자가 이 글을 쓰고 있는 동안 시집에 보태고 싶은 시 몇 편을 송부하여 주었다. 이것은 이번 시집의 완결성을 기하려는 의도에 관계되는 일로 생각된다. 그중 「내가 가꾸는 아침」 전편을 인용해 본다.

연필 깎아 쓴다

누구에게라도 쉬이 안기는 아침 공기를
섬돌 위에 빨아 넌 흰 운동화를

손톱나물, 첫돌아이, 어린 새, 햇송아지
할미꽃 그늘에 앉아 쉬는 노랑나비를

밟으면 신발에 제 피를 묻히는 꽃잎
가지에 매달려 노는 붉은 열매 식구들을

내 무릎까지 날아온 살구꽃 꽃이파리
편지 쓰는 연인의 복숭앗빛 뺨

연필 깎아 쓴다

세상을 건너가는 열렬한 기후들
나에게 놀러 온 최초의 날씨를

이 시에서 시인이 밝히고자 하는 것은 시의 소재가 되는 대상들이다. 대체로 자연현상들이 그 대상이 된다. 그중에도, 작은 자연의 현상, 거기에서 탄생하는 생명현상이 주목을 받는다. 중심에 있는 것은 "살구꽃 꽃이파리"이다. 그것은 연약함을 느끼게 하는 생명의 표현이다. 그리하여 그것은 "밟으면 신발에 제 피를 묻히는" 가냘픔을 보여 준다. 꽃이파리와 함께 거론된 것들도 태어났을 때의 연약성을 느끼게 하는 것들, 즉 "손톱나물, 첫돌아이, 어린 새, 햇송아지/ 할미꽃 그늘에 앉아 쉬는 노랑나비"와 같은 것들이다. 연인의 얼굴에 보이는 사랑의 마음도 이에 비슷하다. 그러나 여린 생명의 표현들은 연약하면서도 강인하고 지속적인 생명 현상의 일부이다. 그러한 생명 현상은 날씨에도 비교될 수 있다. 날씨는 덧없이 변하면서도, 지속적인 삶의 환경을 이룬다. 이러한 것들이 사람의 삶의 총체적인 조건이 된다. 이야기된 여러 이미지들 가운데 특이한 것은 "섬돌 위에 빨아 넌 흰 운동화"이다. 운동화는 간편한 신체의 보호구이다. 그리하여 그것은 빨아 널 수도 있다. 그러면서도 그것은, 적어도 이 시의 맥락에서는 운동, 방황 또는 삶의 현실 답사를 나타낼 수 있다. 시에 이야기되어 있는 자연의 여러 모습은 아마 이 운동화의 주인이 여러 곳에서 관찰한 것일 것이다. 시의 자연 정물(靜物)들은 화자(話者)의 자연 관찰의 역정 중에 수집된 것일 것이다. 앞에서 말한 것처럼, 그것들은 모두 자연에 있어서의 생명현상이 느끼게 하는 가냘픔과 소중함을 나타낸다. 그것을 묘사하는 시인도 당연히 조심스러워야 한다. 컴퓨터와 같은 기계를 사용하지 않고 "연필을 깎아 쓰"는 것은 그러한 조심스러운 마음을 나타낸다고 할 수 있다. 관찰 그리고 체험을 시로 쓰는 것은 이러한 조심스러움을 체화(体化)하는 일이기도 하다.

생활의 품목. 「서정시 한 켤레」는, 이미 그 제목에서, 이기철 시인의 시가 사물을 두루 살펴보는 순력에서 결과하는 것임을 말해 준다. 이 시에서 특히 주목할 수 있는 것은 그의 주의가 작은 생명현상에 집중된다는 것이다. 그 가운

데에도 다음 구절,

> 풀밭에서 잠 깨는 벌레들을 보면
> 세상을 더 가꾸어야겠다는 생각이 든다

이런 부분은 그의 시적 결의의 선언을 말하는 것이라 할 수 있다. 시 그것이 바로 세상을 편력하는 한 켤레의 운동화인 것이다.

그런데 시인이 주의를 기울이는 대상물에는 자연물 이외에도 몇 가지가 더 있다. 우선 생각할 수 있는 것은 주어진 생활의 요구이다. 「생활에 드리는 목례」는 바로 이 점을 선언하는 시이다. 시인이 어린 이파리들에게 이름을 묻고 있을 때, 시인에게 다가와 자신의 존재를 알리는 것이 "생활"이다. 생활이 그에게 스스로의 이름을 아느냐고 묻고, 그와의 관계에서 시인 자신이 누구인지 아느냐고 묻는다. 이에 답하여 시인은 그의 "친구", "연인", "노복", 그리고 "도반"(道伴)이라고 답한다. 그리고 생활이 앞으로도 그를 따르겠냐고 묻는 데 대하여, 시인은 "화병에 물을 채우고 몇 송이/ 슬픔을 기쁨으로 갈아 꽂으며", 생활을 "꽃피우고야 말겠다"고 말한다.

「책상의 가족사」는 다른 또 하나의 생활의 필요를 말한다. 그것은 시인의 직업인 교수직 또는 지식인으로서의 삶을 말하는 것으로 생각된다. 하나의 사물로서 그것을 상징하는 것은 그의 책상, 그가 소목상(小木床)이라고 부르는 책상이다. 그 책상에서 그는 시집들을 읽기도 하고 쇼펜하우어, 니체, 이광수의 작품들을 읽기도 한다. 여기 사상가들의 이름은 그에게 영향을 준 저술가들을 말하는 것이기도 하고, 그의 탐구가 시와 함께 철학 사상이라는 것을 내비치는 것이기도 하다. 그러면서 모든 것은 작시(作詩)의 의무로 귀결한다. "쓰세요, 쓰세요" 하는 강박(强迫)에 밀려 시를 쓴다고 그는 말하는 것이다. 이것은 시인의 내면에서 일어나는 것이지만, 그것은 상징적으로는 소목상으로 압축되며 책상의 "평면의 지형학"에 포함되는 것이기도 하다. 그 기하학적 정형성을 통해서 시인은 시 작업의 의무를 배우게 되는 것이다. 그 기하학적 도형의 이름을 시인은 "지형학"이라고 불렀다. 그것은 지형의 모양새가 사회의 정치적 구성의 기본 조건이 된다는 관찰을 담은 것이다. 말하자면, 지형을 모든 정치적 구성의 기본 요건으로 본 미국의 다방면적인 인류학자 제러드 다이아몬드(Jared Diamond)의 저서들에 나오는 견해를 수용한 것이라고 할 수 있다. 이기철 시인은 시를 한정하는 조건도 그러한 지형학적인 한계와 일치한다고 생각하는 것으로 보인다.

그곳의 저녁. 이번의 시집에 실린 시들은 이러한 생 체험 그리고 그 깨달음의 과정에 대한 반성을 담고 있는 경우가 많다. 그중에도 자신의 삶에서 시가 차지하는 위치를 가장 자세히 적어 놓은 시는 「그곳의 저녁은 따뜻한지요」라고 할 수 있다.

이 시는 틀림없이 찾아오는 "저녁"을 말하는 것으로부터 시작한다. 이 시를 쓰는 시인은 농촌으로 은퇴한 것으로 보인다. 그는 그가 기르는 "닭과 오리, 새와 토끼"를 버려두고 집으로 들어와 서재의 불을 켜고 저녁을 맞이한다. 그리고 찾아온 저녁("운명 같은 저녁")에게 자신의 사정을 말한다. 저녁은 시인에게 휴식 시간을 의미한다. 물동이, 바께쓰, 호미, 쇠스랑과 같은 농기구도 내려놓고, 저녁의 고요함 속에 여러 감정, 즉 연민, 동정, 우정, 사랑과 같은 것을 내려놓을 수 있다고 말한다. 또 그가 내려놓게 되는 것은 책들 그리고 여행 가방이다. 여기에 대하여 "저녁"은 그에게 주로 생활인으로서의 의무를 중심으로 하여 인생 전반에 대한 물음을 던진다. 즉,

> 사는 동안 돈은 좀 모았느냐, 남들이 다 한 사랑도 한번 해보았느냐,
> 마흔두 해 직업에서 다치진 않았느냐, 자식들은 다 키워 제 갈 길 떠나보냈느냐,
> 아직도 청미래덩굴 같은 희망에 뒤채는 밤이 잦느냐, 고

이러한 저녁의 물음에 대하여 시인은 "오한과 쓸쓸을 이불로 덮어도 되겠느냐고" 되묻는다. 그리고 시의 끝에서 그

의 시작(詩作)으로 돌아가는 자신의 저녁을 말한다.

그러고는 숙명의 글씨로
바람이 뺏아 간, 내게 오던 이파리에
세상으로 던지는 안부를 써서 보낸다
그곳의 저녁은 따뜻한지요

이 시에서 시사된 것을 보면, 시는 시인에게 일상을 마감하는 듯 일단락을 가져오는 작업인 동시에 그보다 무거운 의미를 실으려 하는 것으로 보인다. 시를 쓰는 것은 시인에게 '숙명'이다. 그리고 시의 작업은, 여러 시들에서 되풀이하여 이야기되는 바대로, 자연이 말하여 주는 바와 그것을 전하는 일, 나아가 세상의 안부를 묻는 일이다. 이 시인은 사회참여와 같은 시의 사명, 문학의 사명에 반드시 동의하는 것이 아닌 듯하지만, 역시 세상의 안부는 피할 수 없는 시의 관심사라고 말하는 것으로 들린다. 다만 이번 시집의 여러 시들로 보아, 그 관심사의 척도가 되는 것은 자연, 이파리와 같은 작은 자연현상의 안녕에 귀 기울이고 있는 것이라고 할 수 있다.

국가, 자연, 인간성. 그러나 그의 자연에의 관심은 작은 것을 섬세하게 포함하면서도 사회 전체를 포용하는 자연을 생각하는 것이다. 이번의 시집에는 고대 사회에 대한,

그러니까 근대적인 국가로부터 멀리 있다고 할 수 있는 고대 국가, 낭만적인 상상 속에 보이는 고대(古代)에 대한 지시가 적지 않다. 「행간」은 "고왕국"들과 그에 얽힌 여러 사연들을 환기한다. 거기에 한사군(漢四郡)에 포함되었던 지역에서 있던 일, 카르타고에서 출발하여 로마를 침공한 한니발의 점령들이 포함된다. 특기할 것은 이러한 외침의 혼란 속에 일어났던 사랑의 이야기, 낙랑군(樂浪郡)에 있었다고 하는 낙랑공주와 왕자 호동(好童)의 비극적인 사랑이다. 그것은 국경을 초월하고 국가의 존망(存亡)을 넘어서 일어나는 남녀의 사랑을 말한다. 시인은 "고왕국"으로 갈 수 있는 선편(船便)이 없을까 하다가, 결국 고왕국행은 그만두고 바이칼을 향할 수 있으면 하는 희망을 표현한다. (앞에서 말한 대로 이기철 시인은 그의 "소목상" 위에 놓여 있는 고전적인 작품에 이광수 전집을 포함시키고 있는데 바이칼호의 이르쿠츠크는 춘원(春園)이 미국 망명의 기회를 기다리다가, 결국 귀국하여 친일파가 되는 운명적인 도시이기도 하다.) 시의 마지막은 다음과 같이 전개된다.

나는 비로소 페이지를 닫고
바이칼로 가는 길을 묻는다
가위로 자른 저녁놀이 색실처럼 풀려 어깨에 걸린다
먼 곳은 멀어서 더욱 그립다

제목에 나와 있는 행간은 물론 글과 글 사이의 공간이다. 시인은 글을 쓴다. 또 생활인으로서 할 일을 한다. 그러나 글의 대상이 되는 일, 작업의 대상이 되는 일에 주의를 기울이지만, 현실은 그것을 넘어가는 사정에 의하여 좌우된다. 그 현실 가운데 가장 큰 것은 물론 자연현상이다. 시의 머리 부분은 가을이라는 계절, 여섯 시라는 시간, 뜨고 지면서 변함이 없는 태양 그리고 지구를 말한다. 이러한 것들은 시인이 쓰는 글 사이에 존재하는 보다 큰 현실이다. 그것은 달리 말하면, 시행(詩行)을 넘어 이 큰 환경, 자연 그리고 역사를 의식하는 것이 바른 현실이라는 의식이다. 위에 인용한 시행(詩行)에서, 삶의 포괄적 조건으로서 자연을 상기하게 하는 것은 저녁놀이지만, 저녁놀은 가위로 자른 색실이 되어 시인을 장식할 뿐이다.

인간 의식의 제약. 인간 의식의 인식론적 제약에 대한 감각은 이기철 시인의 작품 도처에 삼투되어 있다. 이러한 인식은 우리의 시적 전통 그리고 지적 전통에서는 매우 드문 일이라고 할 것이다. 「식탁보」는 그러한 의식을 간단하게 표현한 예의 하나이다. 식탁보는 사람들이(적어도 현대화된 밥상에서는) 일상적으로 접하는 일용품이지만, 그 위에 놓이는, 포도, 사과, 소금, 설탕들의 생산된 경위를 알지 못한다. 일상품의 배후에는 "그늘을 만든 빛이 숨어 있는 줄을" 아무도 모르며 "딸기를 키운 사람의 손과 처진 포도덩굴을 걷어 올려 주던 사람"을 보지 못하는 것이다.

사물의 전체와 부분. 숨은 사실을 모른다는 관찰은 시인으로 하여금 다시 사물의 피상적인 모양을 고치려 하는 것이 옳지 않다는 생각으로 나아가게 한다. 사물은 보이지 않는 여러 관련 속에 존재하기 때문이다. 「안 되는 일이 많아 행복하다」에서 이 시인은 사물을 구성하는 관습이나 사회 구조를 쉽게 알아볼 수 없으니 그러한 사물의 전체적인 맥락을 무시하고 사물들의 복잡한 사정을 고칠 수 없다는 점을 강조한다. 이것은, 조금 더 확대하여 보면, 정치적 의도를 가진 발언으로 들릴 수 있다. 그리고 그 관점에서 정치 개혁을 반대하는 보수적 입장을 숨겨 가진 것으로 들릴 수 있다. 그러나 그것은 여러 가지로 제안된 정치 계획을 경험하고 되돌아본 데에서 나오는 견해일 수 있다. 그리고 그 시적 발상의 계기가 된 것이 그러한 정치적 입장을 천명할 필요가 있었기 때문으로 볼 수도 있지만, 그 내용은 사실 사람이 사는 세상의 현실에 관계되는 것이지, 좌우, 진보, 보수 그러한 어느 쪽에 한정된다고 할 수는 없다. 사물의 구성 전체가 존중되어야 한다는 것은 좌우에 두루 해당된다. 간단한 표어로 요약될 수 있는 개혁이 인간 사회를 왜곡하는 결과를 낳는다는 사실은 우리 주변의 현실에서 너무 자주 보는 일이다. 시인은 말한다. "사과나무가 안 보인다고 밤을 걷어 낼 순 없다/ 포도덩굴에게 오두막 지붕을 덮지 말라고 부탁할 순 없다." 시인은 계속하여, 하늘의 푸름을 호주머니에 넣을 수도 없고, 목련을 억지로 피어나게 할 수도 없고, "수리해도 덧나는" 들판을 고칠 수가 없다고 한다. 여기에 관련하여, 시인이 그의 건축 체험을 말하기도 한다.

> 지은 지 십팔 년 된 집, 처음엔 그토록 경탄이던 집이
> 기둥과 대들보, 천장과 보일러가 자주 고장 난다
> 새뜻하던 타일과 서까래가 금이 가도 내 힘으론 안 된다

미완성의 세계. 자연의 자연스러운 변화와 적용 과정을 고칠 수 없을 뿐만 아니라 인공의 구조물에 있어서도, 개인 저택까지도, 그 성쇠를 고쳐 놓을 수 없다고 시는 말한다. 미완성의 건축, 미완성의 인생은 그대로 남아도 좋다. 위에 인용한 구절에 이어서, 이 시는 다음과 같이 끝이 난다.

> 이렇게 쓰려 한 것이 아닌데 하고 다시 고치지 않는다
> 안 되는 일이 많아 행복한 일이 나의 동행이므로

미완성은 삶의 자연스러운 모습이니 시도 미완성으로 끝나는 것을 받아들일 수밖에 없다는 것이다. 체념은 있는 대로의 인생을 받아들인다는 점에서 인생을 그 나름으로 완전한 것이 되게 하는 일이 될 수 있다. 그 점에서, 그것은

그대로 하나의 완성의 형태일 수 있다. 미완성의 인생을 주제로 하여 시를 쓴다는 것은 미완성을 보완하는 한 방법이 아닌가. 전통적으로 많은 사람들에게 그 인생이 어떻든지 간에, 시작은 그 나름으로 인생을 완성에 가깝게 보완하는 일이다. 이기철 시인은 어설픈 시간을 시로 마감하는 것을 공책의 "낱장을 찢어 종이 비둘기를 만"드는 일에 비교한다. 그것은 하나의 완성을 시도하는 일이다. 그러면서 그것은 더욱 완성감을 주는 풀이파리에도 비교한다. 「국정교과서」에서 그것은 끝없이 "뒤채"는 일이면서도 "팽창"하는 일로 표현된다. 시를 쓰는 것은 "주춧돌을 놓다가 그만 무너뜨리고" 마는 일, "서까래를 올리려다 그만 허물어 버리고" 마는 일과 비슷하다. 「시가 올 때」에서는 다시 역전하여 우주적 과정, 자라고 지는 식물의 모습에 드러나는 우주의 이치를 모방하는 과정이라고 시인은 말한다. 그러면서 시를 쓰고 글씨를 쓰는 것을,

> 새로 깁는 한 벌 옷
> 생을 쏟은 한 채 집
> 가랑잎을 밟다 문득 깨닫는
> 훔친 우주
> 말이 지은 마지막 집
> 멸망하지 않는 신전

으로 표현한다. 이러한 신전(사람이 끊임없이 다가가고자 하는 그러면서 다가가지 못하는 신전)이 시 그리고 생명과 우주가 지향하는 목표다.

학문적 공구(功究), 장인의 수련, 정치 지도자의 내공. 이러한 생명과 우주, 만물의 형성 과정은 나무 이파리 하나에서도 배울 수 있는 것이지만, 그렇다고 하여 저절로 깨달아지는 것은 아니다. 자연에서 배운다는 것은 자연 현실을 직시하는 것이면서 동시에 여러 선현의 구도(求道)에서 배우고, 그리고 그에 더하여 장인(丈人)의 깨달음을 공부하고 심문(審問)함으로써 깨닫게 되는 지혜이다. 앞에서 이기철 시인이 책상 위에 놓인 사상가로 쇼펜하우어, 니체, 이광수 등을 언급하는 것을 보았지만, 「이 물음으로」는 본격적으로 그가 사사(師事)한 인물들을 거명(擧名)한다. 김득신(金得臣), 화담(花潭), 남명(南冥), 퇴계(退溪)가 그의 공부의 대상이다. 남명은 노장(老莊)을 천독(千讀)하였다고 하는데 그것을 모범으로 삼으며 조선조 시대의 학자들과 더불어 몇 사람의 장인(丈人)들이 함께 이야기된다. 그것은 어쩌면, 위에 말한 학자들의 계급적 제한을 초월해야 한다는 생각을 나타내는 것일 것이다. 그리하여 노비 박돌몽, 대장장이 배점 등의 이름이 함께 말하여진다.

부귀. 그런데 더욱 강조되는 것은 부귀와 자연의 공존이다. 부귀는 늘 추구되는 목표이면서도 자연 속에서 작은 자리를 차지할 뿐이다. 이것은 동양 전통에서 계속적으로 강조되어 온 것이다. 이 점은 주석에 거명되어 있는 최치원(崔致遠)의 시들에서도 시사되어 있지만, 한 무제의 일화에서 두드러지게 나타난다. 시는 한 무제 유철(劉徹)이 "천하를 호령하는 천자의 손으로 개울물에 속옷을 빨아 입어도 즐거움이 그곳에 있다고" 했다는 사례를 든다. 천하를 다스린 무제 유철의 시, '가을바람이 불고, 구름이 이는데…… 옛 미인을 잊지 못하고', 작은 물이 큰 강으로 흘러가는 것을 생각하는 심정을 읊은 시, 「추풍사(秋風辭)」는 이러한 동양 전통의 전형을 나타내는 시라고 할 수 있다. 이기철 시인도 이러한 사연들을 시에 읊음으로써 우원하게 인간적 현실 참여를 역설한다고 말할 수 있다.

현실과 운동화/순간과 지속. 그러면서도 그 참여는 일단은 몸으로 사는 삶을 의미한다. 사물을 큰 테두리에서 보고 이것을 시로서 읊어야 한다는 생각은 위에서 비쳤던 바 '운동화'의 이미지를 넓게 펴 내는 데에서 나타난다. 운동화는 지역 탐사, 그리고 궁극적으로는 지구 탐험의 상징이 된다. 시인에게 여행, 특히 지방 여행은 지나쳐 가는 지방을 사실화하는 기회가 된다. 「설화명곡에서 반월당까지」는 그러한 지리적 활보를 주제로 하는 시이다.

설화명곡에서 반월당으로 오는 동안
입안에는 마흔 개 혹은 쉰 개의 이름이
설탕처럼 고인다 수수꽃다리 아기난초가
입안에 피고 물레새 댕기새 언덕할미새가
눈썹 끝에 날아다닌다

이 시에서 이야기된 바와 같이, 많은 산과 들을 지나면서 시인이 입에 새기는 것은 이름인데, 그것은 산천의 이름이고 초목들의 이름이지만, 아마 거기에는 그가 생각하는 사람들의 이름도 포함되었을 것이다. 그리고 여러 장소를 지나면서 시인이 알게 되는 것은 그곳을 찾는 사람들이 바뀌었다는 사실이다. 시인은 그것을 물질적 증거로 확대하여 의자가 바뀌고 침대가 바뀌고 사람들이 읽는 출판물이 바뀌었다는 것을 안다고 한다. 그러면서 그는 그러한 변화가 자연의 과정이고 삶의 과정이라는 것을 깨닫는다. 그 과정이 영속한다는 것을 안다. 그리하여 그는 "열다섯 개의 역을 지나는 동안 나는/ 백년 뒤에 나올 신간을 다 읽었다"라고 말한다. 사람들의 지적 관심사도 바뀌면서 또 지속하는 것이라는 함의이다.

「석남사 가는 길」도 그러한 탐색 여행에 대한 성찰이다. 이 시의 관점에서 지리지(地理誌)는 삶의 환경을 확인하고 내면화하는 작업에 해당한다. 시인은, 석남사(石南寺) 가는 길에 산 두 개를 넘으면서, "마음 하나 일으키는 일이 나라 하나 세우는 일임"을 깨달았다고 말한다. (또는 거꾸로 나라가 바뀌면 사고의 흐름도 바뀐다고 할 수 있다. 따라서 마음을 일으키는 것은 궁극적으로 나라가 새로워져야 참으로 의미 있는 것이 된다.) 그러면서 이러한 내면의 깨달음은 사람이 땅 위에 육체로 거주한다는 사실과 병행한다. 그리하여 이시인은, "나는 일생 동안 내 몸을 받친 발의 정직성에 대해 쓰지 못했다"라고 말한다.

공간 시간, 영원, 자연의 미세한 표현. 그런데 그것은 다시 한번 자연의 미세한 호소력을 감식하는 일에 일치한다. 앞에서도 보는 지리적 확장의 사고는 역사로 확대되는 것을 보았다. 어떤 시에서 공간은 시간으로 넓어지는 것이다. 시공간 모두가 삶의 큰 테두리를 이룬다. 이미 언급한 바, 「영원 아래서 잠시」는 삶을 큰 시간 진행의 원근법으로 재보는 시이다. 이 관점에서 모든 것은 거대한 시간의 흐름 속에 있다. 언어에 있어서까지, 흘러가는 것에 비하여 고정된 것은 현실을 벗어난다. 가령 형용사는 명사에 비하여 좀 더 유연하게 흘러가는 시간을 포착한다. 그런 점, 시간 속의 삶과 영원의 관계를 종합적으로 설명하는 것이 이 시이다.

모든 명사들은 헛되다
제 이름을 불러도 시간은 뒤돌아보지 않는다

금세기의 막내딸인 오늘이여
네가 선 자리는 유구와 무한 사이의 어디쯤인가
아무리 말을 걸어도 영원은 대답하지 않는다

영원의 대답이 부재함에도 불구하고, 영원은 끊임없이 그 가능성을 비춘다. 그리하여 하나의 느낌은, "영원은 제 명찰을 달고 순간이 쌓아 놓은 계단을 건너간다"는 것이다. 그리고 시인은 사라지는 것들에게 "사랑의 문장"을 써 주고자 한다. 그는 그가 "다독여 주지 못한 찰나들이 발등에 쌓"이는 것을 유감스럽게 생각한다.

그리하여 이러한 깨달음에 따라, 이기철 시인의 많은 시들은 순간들을 기념하는 찬사가 된다. 이 찬사에서 주로 찬미의 대상이 되는 것은 식물들, 그중에도 이름 없는 풀포기와 풀꽃 그리고 나무들이다.

이기철 시인의 시들은 한편으로 덧없는 삶을 섭섭해하면서, 그것을 받아들일 수 있는 여러 방편을 강구하지만 위에서 이미 본 바와 같이, 그에 대한 해답은 이 무상한 현상세계를 그대로 받아들이는 것이다. 그러면서 그것이 동시에 보다 긴 시간에 이어진다는 것, 또는 영원에 이어진다는 것을 깨닫는 것이다. 그 경로가 어떤 것인지는 알 수 없으나, 이번 시집에서 중심을 잡아 주는 시들은 생멸(生滅)의 무상에 대한 고민과 물음을 일단락한 다음의 대긍정을 표현하는 시들이라 할 수 있다. 대긍정의 상징은 이미 지적한 바와 같이, 식물들의 생멸 그리고 그러는 가운데에도 지속하는 삶이다. 이것을 전형적으로 보여 주는 것이, 그의 시에 끊임없이 나타나는 들풀들, 기타 화초들이다.

나무, 열매, 숲. 시, 그러나 인간의 삶에 조금 더 모델이 될 만한 것은 나무이다. 그 의미를 길게 설명하지는 않지만, 「가을 타는 나무」는 시인의 삶의 완성을 나무에 비교하여 생각한 시이다. 시인은 가을의 나무를 두고 삶이 한 때가 아니라 일정 기간을 지나서 일단 완성된다고 본다. 나무가 가을을 탄다면, 그것은 초조한 느낌을 유발할 것으로 생각되지만 그렇다 하더라도 그것은 기다림 다음의 일이다. 아침에 시작된 하루가 저녁이 되면 많은 것을 보거나 생각한 다음이고, 하늘에 별들이 반짝이며 나타난 다음이다. 「씨앗을 받아 들고」에서는 긴 시간을 두고 계획하는 나무를 이렇게 말한다. "씨앗에서 열매까지의 길을/ 어린 나무는 처음부터 다 알고 있었다". 「노래 사이를 걸어 다녔다」에서는 나무의 삶과 시인의 시적 성취를 비교하여 말한다. 여기에서 나무의 운명은 열매를 성장하게 하는 것이고, 비유적으로 말하여, 그것은 생물학적 한계를 넘어, 좋은 악기의 재료가 되는 것이라고 시사한다.

열매를 익히는 것은 나무의 유구한 관습

열매가 악기 소리를 내며 떨어진다
마지막 악장처럼

이러한 나무의 생태는 시인의 시적 사명, 인간적 운명 그리고 그것을 넘어가는 소망, 시가 의미를 갖는 사회와 나라에 대한 소망으로 이어진다. 나무가 열매를 맺고, 악기처럼 되는 것은 시인의 운명에 대한 우화(寓話)가 된다. 그리고 그것은, 「석남사 가는 길」에서 주장되었듯이, "마음 하나 일으키는 일이 나라 하나 세우는 일임"을 알게 되는 일이다. 「노래 사이를 걸어 다녔다」에서 시는 널리 나무와 숲을 이루는 데 관계된다. 말하자면, 이것은 나라를 세우는 일에 비유되는 것이다.

노래가 끝나면 노래는 악기로 돌아간다
음악이 세계를 지나갈 때 세계는 긴장한다

칼날을 밟고도 피 흘리지 않는 그의 육체를
누가 가슴 위에 얹어 놓았나
나는 그와 함께 날아다니는 즐거움을 탑승한다

이제 땅 위의 나라들은 너무 낡았다
노래가 세운 신생국의 주소를 펼쳐 들고

노래 나라 시민권을 얻으러 간다
나는 그 나라에 가서 구름 외판원이 되어도 좋겠다

음악이 벗어 놓은 벨벳 안감으로
백만 벌의 옷을 만들어 세상을 입히면
세계의 모세혈관이 뢴트겐으로 촬영된다

나무가 일 년 내내 이룬 것은 숲
울어서 눈이 부은 새가
나뭇가지에서 음악을 쪼고 있다

온 세상이 음악의 숲이 된 다음에, "열매를 익히는 것은 나무의 유구한 관습"이라는 말로 시작하는 종련(終聯)으로 시는 끝을 맺는다.

그러니까, 자연현상을 시화(詩化)하되, 그 현상은 위에 말한바, '잠시'의 현상이면서 지속하는 시간, 자연 그리고 영원 속의 현상이기도 하다. 그렇다고 그것은 초월 속에 흡수되어 버리는 잠시는 아니다. 그 잠시의 시간은 나무의 이미지에서 볼 수 있듯이, 일정한 지속으로 파악될 때 이루어 낼 것이 있는 지속의 시간이다. 이번의 시집에서 계절에 대한 언급과 함께 시간을 가리키는 말들이 여러 개 보이는 것은 그러한 지속을 가진, 또는 일정한 성취의 시간을 수긍하기 때문이라고 할 수 있다. 「수요일에 할 말」, 「십일월 엽서」, 「7월」, 「오늘이라는 이름」, 「오전을 사용하는 방법」 등의 제목만으로도 시인이 시간과 계절의 마디에 대한 강한 의식을 가지고 있음을 알 수 있다. 이러한 마디에 대한 의식이 순간 하나하나를 받아들이고 그것을 이루어 내야 할 작업의 신호라는 것을 상기시키는 것일 것이다.

> 아무것도 궁금하지 않으면서
> 뒤란까지 살펴보는 햇살
>
> 그 햇살 덕분에
> 어두운 물동이 속까지 환한 대낮
>
> 풀밭에서 잠 깨는 벌레들을 보면
> 세상을 더 가꾸어야겠다는 생각이 든다

이 「서정시 한 켤레」로서 나는 이 글의 마디를 삼는다. 그만큼 이 시는 그의 시작을 다시 한번 정의할 수 있는 시로 가늠되기 때문이다.

4

갈등의 격화와 심도 있는 화해. 이번 시집의 첫 부분,

즉 1부의 주된 테마는 영원과 잠시, 그리고 잠시보다는 조금 더 지속적인 구절을 가진 시간 속의 삶이다. 영원과 찰나의 시간 그리고 지속적인 시간은 삶에서 각각 그 나름의 의미를 갖는다. 그러면서도 핵심이 되는 것은 적정한 마디를 갖는 삶의 지속이다. 그것은 적정한 완성감을 주는 시간이다. 시를 쓰는 일은 여기에 해당한다. 그러나 물론 이 업적은 삶의 기회, 삶의 공간으로서의 지상(地上)을 널리 답사, 답습하고, 역사적 시간의 의미를 생각하게 하는 신체적 그리고 심리적 노력을 포함한다. 이러한 여러 요인들의 균형을 포착하는 것이 시인의 업적이고 삶의 과제이다. 이것은 충족감을 주는 일이기도 하고, 긴장감을 초래하는 일이기도 하다. 그러나 전체적으로 삶의 여러 요소들 사이의 긴장은 이러한 균형에서 끝난다고 할 것이다. 2부 그리고 3부에 수확(收穫)되어 있는 시들은, 방금 말한, 긴장의 요소들을 포함하면서도, 그것보다는 여러 요소의 시적 탐구를 그대로 시화(詩化)하여 보여 준다. 그리하여 여기의 시들은 보다 자유로운 탐구, 보다 극렬한 경우에 대한 탐구 그리고 보다 화평한 심리의 결과들로 집약된다. 이러한 내적 외적 요인들이 더 극단화된 상태가 되면 그것은 드라마가 된다. 그러면서 그것은 다시 더 완전한 화평의 분위기가 된다. 시간적으로 보아, 이러한 드라마의 대결과 화해를 통하여, 시인은 1부의 시들처럼 조금 더 화평한 조화의 상태에 이를 수 있다고 할 수 있다.

위기, 생명의 지속성, 자유로운 탐구의 선언. 「올 한 해」는 시인의 시가 외적인 제약을 벗어난 자유로운 탐구, 스스로의 자발적 탐구임을 선언한다. 그것은 보다 깊은 우주적 기본에 가까이 가는 일이다.

> 오늘 흰 사발에 햇살을 펴 담는 사람아 나는 이제 국어 책의 말은 쓰지 않으리니 백년 동안 제자리를 잊지 않고 찾아오는 별에게는 미래로 가는 지도 한 장 빌리리니 바람은 내용이 없는 엽서를 들고 작년처럼 내 문을 두드리리니

풀어서 설명하건대, 시인은 자신의 글이 사회나 국가가 요구하는 상투적 언어를 떠나 미래를 향하는 것이라고 말한다. 그리고 이러한 글은 무엇보다도 '별'이나 '바람', 즉 자연, 한편으로는 영원한 또는 지속적 자연의 증표, 다른 한편으로는 시간과 더불어 바뀌는 자연현상에서 얻게 되는 영감에 따르는 것이 될 것이라고 선언하는 것이다.

「거룩한 일은 잘 저물고 잘 일어나는 일」은, 그 제목에서 벌써, 지구(持久)하는 것과 일시적인 것이 자주 하나의 사건으로 일어난다고 하는 선언을 담고 있다. 그런데 지금의 시간은 매우 걱정이 많을 수밖에 없고 그것을 피할 도리가 없는 시간이다. 그것을 대표하는 것이 바이러스의 확산이다. 시인은 그러한 조건하에서도 생명은 쉬지 않는다고 말한다. 그리고 더 나아가, 놀라운 우주적 공감을 가지

고, 바이러스에까지 공감을 표하여, 그것도 바이러스의 생명현상이 아닐까 하고 말한다.

> 신종 바이러스도 아름다운 몸을 가지고 싶었을까
> 사람과 한 번만 동침하고 싶었을까

바이러스도 생명현상의 표현이라면, 시에서 다시 이야기되는 개나리, 학교 가는 어린아이들이 그들의 삶을 그대로 향유해야 한다는 것은 당연한 일이라고 할 수 있다. 오늘의 저녁이 어떤 것이든지 간에, 그것은 "자두가 더 잘 익으려고 생각에 골똘한 저녁"인 것이다.

성스러운 생명. 「인생 사전 — 누구나 가졌지만 시로 쓰면 진부한 것」은 그러한 무르익는 열매에 관계없이, 삶의 의미에 대한 전체적인 대긍정을 증언한다. 인생은 분명하게 파악될 수 있는 어떤 것이 아니다. 그러면서도 그것은 "머리 위에 모래처럼 쌓"인다. 그것은 "놓친 기차같이 아쉽고 못 잡은 무지개 같이 설레"게 하는 어떤 것이다. 그것은 세속적인 것이기도 하면서 성스러운 어떤 것이다. 그리하여 '죄짓지 않고도 성서와 불경처럼 무릎을 꿇게 하는" 어떤 것이다.

그런데, 다른 한편으로, 삶은 이렇게 그 앞에서 경건한 자세를 가져야 하는 것이면서, 반드시 성스러운 것만은 아니다. 이 시인은 잡기 어려운 삶의 실체를 스스로 따라가지 못하는 "비범한 사람들이 걸어간 발자국"에서 포착할 수 있다고 한다. 이러한 관점에서 그것은 성속(聖俗)에 걸쳐 존재하는 것으로 이해되어야 되는 것일 것이다. 이것은 또 하나의 관점, 이 시인의 관점에서는 문학 작품에서도 포착될 수 있는 어떤 것이다. 다만 그것은 "소설로 쓰면 생생하고/시로 쓰면 진부한 그것"이다.

5

세계시, 성속, 역사 탐방. 이번 시집의 후반에서 보게 되는 것은 외국의 문학이나 신화 등에 대한 언급이다. 이러한 광활한 탐구에서 이기철 시인의 운동화 발길은 지리적으로 그리고 역사적으로 참으로 무소부지(無所不知), 무소부지(無所不至)이다. 이것은 조금 외진 곳의 이야기들을 상상력의 관점에서 조금 더 궁극적인 형태를 갖게 하는 것으로 보인다. 우리 시대의 사정을 생각하는 데에 있어서, 이국적인 이야기는 우리의 상황을, 극단적인 상황을 생각하는 데에도 자유로운 공간을 제공하는 것으로 보이며 인간의 정신의 비상(飛翔)은 '신생대'와 같은 지질학적인 연대에까지 이르게 한다. 그만큼 이 시인의 자연 신앙은 단단하다.

「외젠 에밀 폴 그랭델에게」와 같은 시는, 조금 전에 본바, 부정적 조건하에서의 도전과 용기, 생명력과의 관계에서 드러나는 도전과 용기를 보여 준 20세기 프랑스의 시인, 초현실주의자, 공산주의자 그리고 프랑스, 스페인, 희랍의 레지스탕스, 나아가 내전(內戰)에 두루 참여했던 프랑스의 시인 폴 엘뤼아르를 주인공으로 하는 시이다. (폴 엘뤼아르라는 필명 대신에 잘 알려지지 않은 본명을 제목으로 쓴 것은 엘뤼아르의 끊임없는 변신(變身)을 표현하기 위한 것으로 보인다.) 엘뤼아르는 그에게 가해지는 여러 박해에도 불구하고 저항을 포기하지 않았던 문필가를 대표한다. 이기철 시인은 스스로 경험한 듯한 삶의 조건을 엘뤼아르의 삶을 통해 예시(例示)한다. 그는 우선 비자를 받지 못하여, 엘뤼아르의 고향에 가지 못한다고 한다. 그런 조건하에서 엘뤼아르와의 깊은 관계를 그는 이렇게 적는다. "'나의 학생 때의 노트 위에/ 나의 책상과 나무 위에'/ 네 이름을 쓰는 일은 내가 가장 잘했던 일이다". 그는 또 말한다. "나는 서른 날째 골방에 감금되어 있다". (여기의 필자는 엘뤼아르일 수도 있고, 어쩌면 이기철 시인 자신으로서, 그 자신 군사정권하에서 감금된 경험을 가졌을 것으로 생각되기도 한다.) 그리하여 그는 주변의 모든 것, 식탁에 오르는 "빵과 국그릇과/ 접시와 숟가락을 의심한다". 그리고 그는 말한다.

창을 넘어 들어오는 햇빛은 어제와 다름없는데
나쁜 소문만 자꾸 문을 노크한다
아, 나의 도시는 새로 시작할 수 있을까

거리와 건물들에는 다시 정맥이 돌 수 있을까

얼굴 흰 소녀가 머리 까만 소년을 만나러 공원으로 갈까

엘뤼아르의 체험이든 이기철 시인의 체험이든, 절망적인 상황에서도, 새로운 사회적 가능성을 믿을 수 있을까? 여기에도 이 시인의 시에서 사라지지 않는 자연과 생명의 지속에 대한 믿음이 들어 있지만, 그의 절망은 그것을 하나의 불가사의한 일로 이야기하게 한다. 「피안도품(彼岸道品)」에서 이 시인의 생각은 먼 서양으로부터 동양으로 돌아온다. 여기에서 생각의 실마리가 되는 것은 불교의 경전 가운데 『수타니파타』의 다섯 번째 항목, 「피안도품」이라는 부분이다. 이 항목은 『수타니파타』의 그 앞부분에 비하여, 더 현시점에서의 행동 강령을 말하는 부분인 것 같다. 말할 것도 없이 불교에서 강조하는 것은 이상적인 상태, 즉 열반(涅槃)에 이르는 데에 필요한 적정(寂靜)의 마음가짐을 위한 수련인데, '피안도품'에서 역점이 놓이는 것은 어느 해설에 따르면, 이러한 기초적 마음의 수련 그리고 물욕을 극복한 무소유(無所有)에 더하여, 보고, 듣고, 생각하고, 식별하는 의식 과정에서 생겨나는 정이나 애착을 극복하는 것, 당면하는 정신 작용의 수련이라고 한다. 이러한 배경을 마음에 두고 시를 다시 보면, 시의 첫 부분은 사람이 우연히 부딪치게 되는 것들(당사자의 사고를 포함하여) 이러한 것들이 부패 타락할 수 있다는 것을 말한다. 시는 이것을 물론 비유

적으로 말한다. 손에 닿자마자 썩어 버리는 씨앗, 공중에서 내려와 정수리를 때리는 열매들이 이야기되는데, 이것은 인간사의 진전을 그렇게 말하는 것으로 생각된다. 그리고 행복한 결과를 얻는다면, 그것은 우연적인 결과이기 쉽다. "가난의 흰색과 욕망의 주홍색이 줄무늬를 이루어 마침내 하늘 옷감 한 벌 얻는다면", 그리하여 "어느 산정에서 떨어지는 빗방울 하나에서라도" 기쁨을 얻을 수 있다면, 그것이 도인(道人)이 되는 방법이라고 이 시는 말한다. 이렇게 우연적으로 또는 미세한 것과의 맞부딪침에서 얻어지는 성과는 시인의 시작(詩作) 과정에서 쉼 없이 드러난다.

> 오늘 홑적삼을 깁다가 바늘에 손가락을 찔려 솟아나는 핏방울을 보며 깨달았다
> 사전을 불태워 재를 마시는 날에야 비로소 새 언어를 만나리라는 것을
> 시를 버리고 시를 찾아야 새 이삭의 시를 얻으리라는 것을

삶에 대한 궁극적 긍정은, 특히 시집의 1부에서 자주 보는 바의 긍정은, 잠시 피고 지는 풀잎 또는 언제나 비친다고 할 수 있는 햇빛 등으로 쉽게 확인되는 것으로 말하여졌다. 그런데 위의 시에서, 그러한 긍정은 우주적인 것, 진리 또는 진여(眞如)와의 맞부딪침, 기성 질서에 대한 파괴 그리고 "핏방울"을 흘리게 되는 개인적인 희생으로 확인되

는 것으로 말하여진다. 이러한 깨달음에 있어서는 시적 통찰도 말하자면 전통적 언어와 시를 파기함으로써 성취된다.

이러한 통찰, 즉 비극적이라고 할까, 갈등을 수긍하는 것이라고 할까 하는 입장은 앞의 보다 화평주의적 태도와 대조되는 것이라고 할 수 있는데 「구룡포에서 오래 생각하다」와 같은 지역 탐색의 시에서 그 점이 되풀이하여 표현되어 있다.

이 시인은 이 시에서 주변의 그리고 마음에 이는 착잡한 생각과 이미지들을 다음과 같이 나열한다.

> 아직 아픈 사람과 아직 안 나은 사람과 아직 싸워야 되는 사람과 싸우고도 져야 하는 사람과, 놓아줘도 되는 생각과 놓아서는 안 될 생각들, 바늘로 다그치며 나에게 물어야 하는 일들, 내 이마를 떠날 때마다 성급히 포획해 온 생각들, 나를 옭아매는 서정의 바깥들

이러한 착잡한 사정들은 구룡포의 지형도 다르게 보이게 한다. 시의 머리에 이야기되어 있는 것은 여러 힘들의 갈등이라는 관점에서 본 구룡포 지역의 지형이다. 그것은 그가 보고자 하였던 지형과는 다른 것이었다. 눈에 보이는 지형은 여러 갈등하는 힘들의 결과로 이루어진 한 시기의 평화일 뿐이다. 여러 왕조(王朝)의 흥망도 이에 유사하다.

내 오래 수평을 염원했으나 마음 한쪽은 늘 경사로 어지러웠으니,

세상의 절멸들이 애석해 동쪽 바다 찾아가면

썰물이 밀물을 껴안고 놓지 않는 거기

격랑이라야 대륙을 이기는 물은 아님을 가르치는 곡진 소항

모래의 개체수가 제국을 이루었으나

대가야 금관가야 아라가야 성산가야

창연한 이름들은 사라지고 말미잘의 식탁인 바다만 살아 있다.

그리하여 시는 무한히 변전한 역사 속에서도 다시 무심하고 화평한 바다로만 남아 있다고 시인은 말한다.

바람과 햇빛이 가르친 것 다 잊어버리고 놀빛에 머리칼만 적시고 돌아온

흰 모래, 청람 바다, 산호초와 물이끼의 구룡포

가깝고 먼, 근접할 수 없는 우주, 그리고 역시, 이 시인의 방황은 한이 없다. 「카펠라의 먼 길」은 다시 생명 예찬이다. 그것은 이곳의 생명, 경상도의 낙산에 살며 고사리밥이나 한술 뜨는 이곳의 생명이, 참으로 길고 넓은 눈으로 보면, 우주 먼 곳의 별, 카펠라의 별빛이 50광년 우주를 가로질러 이곳에 도착한 것과 비교할 수 있다고 말한다. 그러

나 먼 우주적 현상이 반드시 여기 이곳에서 실감되는 것은 아니다. 「메소포타미아」는 인류 문명의 첫 모형이라고도 할 수 있는 메소포타미아가 그렇게 쉽게 접근되는 것이 아니라는 사실을 개탄한다. 시인은 "그 이름이 즐거워 두 번 불러 보는 나는 생애 동안 그곳에 갈 수 없다"는 사실을 개탄한다. 그는 "나는 언제 티그리스 강가에 앉아 못 이룬 사랑을 위해 울어 보나" 하고 간절히 메소포타미아를 그리워하지만, 그의 그리움 또는 그것을 읊은 시는 기껏해야, "물 위에 뜬 네가래풀, 헝겊으로 접은 고추잠자리, 날려 보낸 미농지 새, 촉 부러진 만년필"에 유사하다. 어떤 지역, 또는 어떤 사실을 시로 접근하는 것은 이에 비슷하게 별 쓸모가 없는 대체물(代替物)에 불과하다. 그것은 특히 감정의 차원에서 그렇다. 그리하여 시인은 메소포타미아를 생각하며, "나는 언제 티그리스 강가에 앉아 못 이룬 사랑을 위해 울어 보나"하고 한탄한다.

진실과 감정. 여기에 보태어 말할 것은 진실 시험 기준으로서의 감정의 문제이다. 이 시인은, 이미 시사한 바 있듯이, 강한 감정을 진실의 시험제로 생각하는 것으로 보인다. 사람의 모든 인식에서 사유나 행동의 진정성의 밑받침이 되는 것은 강한 감정이다. 「그리운 베르테르」에서 이 시인이 죽음의 결심에 이르는 순정의 애인 베르테르를 회고하는 것은 자연스럽다. 이 시인은 "죽음에 이르는 사랑이 아니라면/ 영원이라 불리는 흙 속의 잠을 깨우지 말기를" 이라고 말하며, 베르테르의 사랑이 아니라면, 흙에서 깨어난 삶을 살 만한 가치가 없다고 말한다. 이 시는 베르테르 또는 괴테와 관계하여 18세기 독일의 '질풍노도(Sturm und Drang)'를 상기하고, 베르테르가 애호했던 레싱의 비극 「에밀리아 갈로티」 그리고 고대 애란 시인 오시안의 시를 언급한다. 이 시인은 베르테르나 그에 관련된 낭만적 작품들을 시의 근본이라고 생각하고, 이러한 낭만적 시, 낭만적 사랑의 노래를 '한국의 언어로 번안해 놓으리'라고 말한다. 이러한 것은 물론 그의 시적 영감의 이해에 근거한 말이지만, 개인적인 체험에도 관련되어 있을 것으로 볼 수 있다.

인간적인 삶의 유풍(遺風). 다시 이 시인의 답사로 돌아가 보면, 그것은 보다 가까운 한국의 지리지가 된다. 그에게 긍정적인 인상 또는 느낌을 주는 것은 지방에서 볼 수 있는 풍경이다. 「전주」는 반드시 조선 시대까지 거슬러 올라가는 것은 아니어도. 근대화 이전의 주연(酒宴) 관습을 다정하게 그리는 시이다. 주연은 풍남동에서 약속도 없는 친구들의 만남으로 시작된다. 모주 잔 몇 순배 돌리고 세상 이야기를 주고받는 이야기에서, "서울 이야기 정치 이야기는 자물쇠를 채우고 아이들 혼사나 집안의 길흉사"는 그대로 이야기되어도 좋다고 한다. 그리고 판소리 한 가락에 휘감기며 대구로 돌아가는 기차를 놓치고, 계속 술추렴을

하다가 여관에서 하루를 지내도 좋다고 한다.

시골 공동체의 회동과 술잔치가 나타내는 전래의 문화는 「주막 — 박달재 韻」에서 다시 한번 주제가 된다. 이 시인은 첫 줄에서 "주막"은 "酒幕"이라고 써야 한다고 말한다. 이 시가 말하는 주막 문화가 한자가 활용되던 시대의 문화라는 것을 가리키는 말이다. 이때의 주막은 사회의 하층 또는 룸펜들이 회동하는 곳으로 그려져 있다. 그곳에 "장돌뱅이 선무당 미투리장수가 다 모인다". 그리고 등짐장수, 소금쟁이, 도부장수가 그냥은 이곳을 못 지나가며, 산도적들이 공짜 술 내놓으라고 으름장을 놓기도 한다. "한번 싸워 보지도 못하고 인생에 진 사람들이" "무명 베옷 등지게 자락을 보이며 떠나가는" 곳이 이 시인이 그리고 있는 주막이다. 「삼랑진에서 여여(如如)를 만나다」는 제목에서 알 수 있듯이, 불교의 진여에 대한 견해를 전하려는 것이지만, 주로 삼랑진의 여여정사와 관련하여 옛 전설 또는 신화를 상기하는 시이다. 신화는 주로 선불교의 이대조(二代祖)라는 혜가(慧可)에 관계된다. 혜가는 인도에서 중국으로 건너와 불교를 전한 사람이다. 그는 면벽수행(面壁修行)도 하고, 널리 알려진 설법자가 되었다가 다시 인도로 돌아간 행려자가 되었다고 한다. 그가 독살되었다는 소문도 있었으나, 신발 하나를 들고 인도로 돌아가는 행려자를 본 사람이 있었고, 그의 무덤에는 신발 한 짝만 남아 있었다고 한다. 이러한 혜가 이야기와 더불어, 팔을 자르는 헌신을 통하여

이 행려자 고승의 가르침에 입문한 사람의 이야기도 이 시에 비쳐져 있다. 복잡한 사연을 너무 간단히 압축한 시로서는 그 전설의 내용이나 취지의 이해가 쉽지 않지만, 그 교훈의 요약은 이입사행(理入四行) 또는, 이 시인의 주석에 나와 있듯이, 이입(理入)-이치를 깨닫고, 행입(行入)-실천에 들어가야 한다는 가르침이라고 할 수 있다. 또는 더 간단히 시시각각의 실천적 행위를 중시하는 선(禪) 불교의 가르침이라 할 수 있다. 중요한 것은 이러한 불교적 전설로 점철된 것이 한국의 지방 문화라는 사실이다. (이입사행의 이론은 원효의 가르침을 구현한 것이기도 하고, 근년에 와서 관광지 개발의 정책의 대상이 되었던 것으로도 이러한 불교 신화의 의미는 짐작할 수 있다.)

「노령에 눕다 — 장수에서」는 또 하나의 산수의 명승지를 찾은 소감을 적은 것이지만, 산수보다는 자연이 풍부한 고장에서 시인이 갖는 개인적인 소감 또는 심리를 적은 시이다. 그 심리는 주로 수목에서 느끼는 성적(性的)인 호소력에 반응한 것이다. 시는 전체의 흐름으로 보아 시인이 장수를 방문했을 때에는 큰 상실감을 가질 수밖에 없는 심리 상태였던 것으로 보인다. 그는 노령산맥, 장수 일대에서 다시 그의 상실감, 역설적으로 에로스적인 감각을 자극하는 상실감을 느꼈던 것 같다. 그는 장수를 방문했을 때, "아무에게도 애린 보내지 않고 살리라 했던" 마음을 가지고 있었지만, 그의 시적인 마음 — 결국 애린(愛隣)에 관계되는 마음의 움직임이 있는 것을 알게 되었던 것으로 보인다. "말을 갖지 않은 메꽃들은 나를 보고/ 어서 시집가고 싶다고 말하는 게 틀림없네"와 같은 구절이 그것을 말한다. 그러면서, 그는 자신이 꽃을 찾는 벌이 아님을 깨닫는다. 그리고 도시로 돌아온 다음 "혼자 보관해 둔 사랑"을 다시 생각한다고 한다. 이기철 시인의 작품 전체를 하나의 맥락에서 읽어 보려고 할 때, 주목할 것은, 한국의 지방 산수는, 이 시인에게, 여러 가지로 심정을 움직이는 풍경이라는 사실이다. 자연은 여러 가지 메시지를 가지고 있고, 거기에는 슬픔을 전하는 것도 있다. 다만 그 사연은 분명치 않다. 그러나 그 아래 깔려 있는 것은 거대하고 장구(長久)한 자연 앞에서 느끼는 인간의 삶의 왜소함이라고 생각된다.

복합적인 아름다움. 이 시인의 시는 여러 심리적 동기를 가지고 있지만, 결국은 자연 예찬이 그의 시의 주조(主調)라는 것을 알게 한다. 이것은, 위에서 본 바와 같이, 시집의 1부의 시에 되풀이 표현된다. 그러나 2부나 3부에서도 자연의 의미가 시적 주장의 중심이 되는 것에는 변함이 없다. 다만 그것은, 앞에서도 그러했지만, 여러 가지 복합적인 내용을 갖는다. 그것이 2, 3부에 수록된 시에서 조금 더 분명해진다. 아름다움은 이 시인에게 거의 절대적인 의미를 갖는다. 그러면서 거기에는 언제나 다른 요소들이 어른거린다. 이 복합성에 대한 의식이 "시에게"라는 부제를 가진 「백서(帛書)」에 분명하게 표현되어 있다. 이 시인은 자신이, "유미주의자", "탐미주의자", "예술지상주의자" 그리고 그에 더하여, "연애지상주의자"적인 사람이라고 선언한다. 그러나 이러한 심미주의적 입장에는 으레껏 그것을 방해하고 억제하는 요인들이 있었다고 말한다. 그는 추위를 견딜 수 있는 내복 두 벌만이라도 있는 소년이었더라면 유미주의자가 되었을 것이고, 또 의도적으로 길 놓치고 "무지개 언덕"으로 향하는 탐미주의자가 되었을 것이라고 한다. 청년기에는 여성의 매력에 끌려 그리고 아마 그것을 예술적 상상력 속에 이상화하여, 예술지상주의자가 되었을 것이라고 말한다. 그 후 "삼만 삼천"의 나날에는, 시인은 "집과 돈을 만들고 자식을 키우는 날"들로 하여, 연애지상주의자가 되지 못하였다고 한다. 이와 같이 심미주의자의 충동이 여러 요인으로 실현되지는 못하였지만, 이 시인은 계속 그러한 심미적 정열을 시로 전환하였다고 실토한다.

> 그것은 어떤 허구로도 어떤 세밀화로도 그릴 수 없는 자정의 산그늘
> 삼백 리 흰 눈길에 뿌린 진홍색 핏방울

시의 마지막 이 두 줄의 "핏방울"은 시의 부제에 나와 있는바, 시를 위해서 헌신한 시인의 노력을 말한 것으로 생각

된다. 시는 그것을 가로막는 산 그림자 그리고 널리 들녘에 내린 눈, 현실의 부조화에도 불구하고 시를 쓸 수밖에 없는 시인의 소명이다. 그것은 어린 시절 부터의 심미적 감성의 연속에서 오는 자기실현이다. 다시 말하여 그것을 막는 여러 현실적 요인이 있음에도 시적 소명은 어찌할 수 없다고 느낀 진정성이다. 그리하여 그것을 말하는 것은, 황사영이 천주교 신자의 수난을 중국의 가톨릭 교회에 보고하였던 문서, 『황사영 백서(黃嗣永帛書)』와 비슷한 일을 하는 것이다. 시의 제목은 이러한 뜻을 가진 것으로 생각된다.

눈 덮인 나라. 자연의 작은 아름다움에 표현된 미적 현상들이 흰 눈을 배경으로 가짐으로써 숭고미, 즉 미학에서 사람의 소박한 미적 감각을 초월하는 자연의 숭고함을 표현하는 숭고미로 전환할 수 있다. 그러나 그것은 이 시인에게 약간의 암시에 불과하다. 숭고미의 가능성은 위에 인용한 시 구절에서 시인이 흘리는 피의 배경 또는 바탕이 되는 "삼백 리 흰 눈길"일 것이다. 이기철 시인의 시에는 눈의 세계를 말하는 시가 몇 편 있다. 거기에서 눈의 세계는 승화된 장대함을 갖는다. 그러면서도 그의 관심은 인간 세계 혹은 한국 사회를 떠나지 않는다. 「오슬로로 보낸 시집」은 제목이 말하고 있듯이, 시인의 시집을 오슬로의 눈으로 덮인 타이가에 놓고 오겠다고 한다. 눈 위에 놓인 시집은 펭귄이나 도요새, 허스키, 이러한 동물들이 읽을 수도 있고 눈전나무, 가문비나무 또는 북극여우 등이 읽을 수 있다고 한다. 그러면서도 시인은 그러한 자연의 광활한 모습에 못지않게 그 청결함에 끌린다. 그는 말한다, "얼지 않은 세상보다 언 세상이 나는 좋다/ 얼어서 썩지 않은 세상이 좋다". 그리고 이 발언에는 괄호 안에 넣은 첨부 주석이 따른다. "이 말을 쓸 때, 나는 내 나라가 근심스럽다". 이것이 그가 북방의 설원(雪原)을 선망하는 이유이다. 눈에 대한 예찬은 「눈을 위한 밸런스 1」에도 강하게 표현되어 있다. 시인은 눈을 그리워하는 자신의 모습을 말하면서 시를 시작한다.

> 눈은 왜 숲속에서만 흰옷을 갈아입을까
> 아름다운 음악은 왜 눈에서만 태어날까
>
> 나는 작년과는 다른 눈을 만나러 간다
> 작년보다 더 아름다워진 눈을 만나러 간다

"흙 속에 묻힌 무 싹이 노란 손가락을 밀어 올리는 날/ 아직도 새로 쓰일 시 같은 눈을 만나러 간다". 시인에게 살벌한 삶의 조건이 될 수도 있는 눈이 있어서 새로운 싹이 나올 수 있다는 것이다. 이 시인에게 눈의 의미는 보다 맑은 마음, 시가 대표하는 보다 맑은 마음을 탄생하게 하는 데 의의를 갖는다. "눈 속엔 눈보다 더 아름다운 사람들이 사는 마을들이 있을 것 같다". 그리고 그러한 시를 쓰는 시인들로서, 에밀리 디킨슨, 루이제 카슈니츠, 앤드루 마블, 도연명, 소월 등을 든다. 그러면서 이들의 시 세계를 대표하는 것은 주로 그들이 살았던 오두막과 같은 조촐한 집들이다. 이 집들은 물론 이들 시인의 시의 성격을 말하기도 하지만, 실재에 있어서 청빈한 생활의 표준을 말하는 것이 된다. 앞에서 보았듯이, 이기철 시인은 시의 공화국을 원한다. 그것은 시가 가지고 있는 여러 아름다움을 구현한 나라를 말하지만, 이번 시집의 마지막에 실려 있는 시들을 보면, 그중에도 깨끗하고 맑은 삶의 공동체, 부패 없는 사회를 말하며 이것은 시의 순순함이 보여 줄 수 있는 최상의 비전이기도 하다.

시집의 거의 끝에 실려 있는 「아픈 날마다 꽃모종을 심으리니」는 자연의 심미적 요소들의 확장이 삶을 보다 아름답게 하는 길임을 강조한다.

가르마길 아홉 번째 구비에서 돌아오리니

붉나무 아래서 모르는 새(鳥) 이름을 새로 지으리니

뭉게구름을 내 고안대로 건축하리니

햇빛보다 투명해지는 연습을 다섯 번 하리니

어제 만난 사람 이름 잊기 전에 수첩에 적어 놓으리니

아픈 날마다 풀밭에 앉아 꽃모종을 심으리니

천 번째 놀러 온 저녁놀을 황홀 사전에 등기하리니

6

끝내는 말. 본 필자는 지금까지 이기철 시인의 이번 시집에 들어 있는 시의 구도를 정리하여 보려고 하였다. 그러면서 나는 이기철 시인이 드물게 진지하고 일관성 있게 시의 목적을 추구하는 시인이라는 것을 발견하였다. 인간의 삶, 자연, 인간의 삶에 대하여 자연이 가지는 여러 의미, 그 의미의 개인적 삶에서의 함의는 물론이거니와 그 사회 구축의 주춧돌로서의 의미, 그리고 이러한 탐구에서의 시적 추구의 의의 등의 주제를 이 시인은 쉼 없이 숙고하고 표현한다. 그의 시를 통하여 그의 추구에 참여하는 것은 중요한 일이다. 다만 여기 이러한 정리가 그의 시를 일정한 구도에서 해독하고자 함으로써 그의 시적 탐구의 의미를 너무 단순화한 것이 아닌가 하는 점이 우려된다. 이번 시집의 마지막에 실린 시, 「고 1 교과서」에서 그는 "고 1 교과서에는 시를 싣지 마세요/ 그들의 가슴이 전부 시인데"라고 쓰고 있다. 그것은 교과서에 실려서 읽고 배우는 시가 젊은 학생들의 마음에 자라고 있는 시의 싹을 잘라 버리는 역효과를 낳을 수 있다는 우려이다. 시에 대한 관습적 교육과 지나친 해석은 시의 자연스러운 아름다움과 지혜를 줄이고 단순화하는 결과를 가져올 수 있다는 무겁고 따가운 충고이다. 이 해설의 글을 끝내면서, 필자는 해설의 협착함에 대하여, 그리고 시가 담고 있는 큰 의미와 지혜를 충분히 밝히지 못한 데 대하여 아쉽게 생각한다. 그러면서 이기철 시인의 앞으로의 시적 탐구가 더욱 빛나는 것이 되기를 기원한다.

지은이 이기철

1943년 경남 거창에서 출생했다. 1972년《현대문학》으로 등단했다. 시집 『청산행』『열하를 향하여』『지상에서 부르고 싶은 노래』『유리의 나날』『내가 만난 사람은 모두 아름다웠다』『가장 따뜻한 책』『흰 꽃 만지는 시간』『산산수수화화초초』 등과 번역 시집 『Birds, Flowers and Men』, 에세이집 『쓸쓸한 곳에는 시인이 있다』『김춘수의 풍경』 등이 있다. 김수영문학상, 시와시학상, 최계락문학상, 후광문학상, 아림예술상 등을 수상했다. 현재 '여향예원, 시 가꾸는 마을'을 운영하고 있다.

영원 아래서 잠시

1판 1쇄 찍음 2021년 10월 22일
1판 1쇄 펴냄 2021년 11월 5일

지은이 이기철
발행인 박근섭, 박상준
펴낸곳 (주)민음사

출판등록 1966. 5. 19. (제16-490호)
서울특별시 강남구 도산대로1길 62(신사동)
강남출판문화센터 5층 (06027)
대표전화 02-515-2000 / 팩시밀리 02-515-2007
www.minumsa.com

ISBN 978-89-374-0911-0 04810
978-89-374-0802-1 (세트)

* 잘못 만들어진 책은 구입처에서 교환해 드립니다.

음의 시
록

7 슬픈 갈릴레이의 마을 정채원
8 습관성 겨울 장승리
9 나쁜 소년이 서 있다 허연
0 앨리스네 집 황성희
1 스윙 여태천
2 호텔 타셀의 돼지들 오은
3 아주 붉은 현기증 천수호
4 침대를 타고 달렸어 신현림
5 소설을 쓰자 김언
6 달의 아가미 김두안
7 우주전쟁 중에 첫사랑 서동욱
8 시소의 감정 김지녀
9 오페라 미용실 윤석정
0 시차의 눈을 달랜다 김경주
1 몽해항로 장석주
2 은하가 은하를 관통하는 밤 강기원
3 마계 윤의섭
4 벼랑 위의 사랑 차창룡
5 언니에게 이영주
6 소년 파르티잔 행동 지침 서효인
7 조용한 회화 가족 No. 1 조민
8 다산의 처녀 문정희
9 타인의 의미 김행숙
귀 없는 토끼에 관한 소수 의견 김성대
고요로의 초대 조정권
2 애초의 당신 김요일
3 가벼운 마음의 소유자들 유형진
종이 신달자
명왕성 되다 이재훈
5 유령들 정한용
파묻힌 얼굴 오정국
3 키키 김산
백 년 동안의 세계대전 서효인
0 나무, 나의 모국어 이기철
1 밤의 분명한 사실들 진수미
2 사과 사이사이 새 최문자
3 애인 이응준
4 얘들아, 모든 이름을 사랑해 김경인
5 마른하늘에서 치는 박수 소리 오세영

186 ㄹ 성기완
187 모조 숲 이민하
188 침묵의 푸른 이랑 이태수
189 구관조 씻기기 황인찬
190 구두코 조혜은
191 저렇게 오렌지는 익어 가고 여태천
192 이 집에서 슬픔은 안 된다 김상혁
193 입술의 문자 한세정
194 박카스 만세 박강
195 나는 나와 어울리지 않는다 박판식
196 딴생각 김재혁
197 4를 지키려는 노력 황성희
198 .zip 송기영
199 절반의 침묵 박은율
200 양파 공동체 손미
201 온몸으로 밀고 나가는 것이다
서동욱·김행숙 엮음
202 암흑향 暗黑鄕 조연호
203 살 흐르다 신달자
204 6 성동혁
205 응 문정희
206 모스크바예술극장의 기립 박수 기혁
207 기차는 꽃그늘에 주저앉아 김명인
208 백 리를 기다리는 말 박해람
209 묵시록 윤의섭
210 비는 염소를 몰고 올 수 있을까 심언주
211 힐베르트 고양이 제로 함기석
212 결코 안녕인 세계 주영중
213 공중을 들어 올리는 하나의 방식 송종규
214 희지의 세계 황인찬
215 달의 뒷면을 보다 고두현
216 온갖 것들의 낮 유계영
217 지중해의 피 강기원
218 일요일과 나쁜 날씨 장석주
219 세상의 모든 최대화 황유원
220 몇 명의 내가 있는 액자 하나 여정
221 어느 누구의 모든 동생 서윤후
222 백치의 산수 강정
223 곡면의 힘 서동욱

224 나의 다른 이름들 조용미
225 벌레 신화 이재훈
226 빛이 아닌 결론을 찢는 안미린
227 북촌 신달자
228 감은 눈이 내 얼굴을 안태운
229 눈먼 자의 동쪽 오정국
230 혜성의 냄새 문혜진
231 파도의 새로운 양상 김미령
232 흰 글씨로 쓰는 것 김준현
233 내가 훔친 기적 강지혜
234 흰 꽃 만지는 시간 이기철
235 북양항로 오세영
236 구멍만 남은 도넛 조민
237 반지하 앨리스 신현림
238 나는 벽에 붙어 잤다 최지인
239 표류하는 흑발 김이듬
240 탐험과 소년과 계절의 서 안웅선
241 소리 책력冊曆 김정환
242 책기둥 문보영
243 황홀 허형만
244 조이와의 키스 배수연
245 작가의 사랑 문정희
246 정원사를 바로 아세요 정지우
247 사람은 모두 울고 난 얼굴 이상협
248 내가 사랑하는 나의 새 인간 김복희
249 로라와 로라 심지아
250 타이피스트 김이강
251 목화, 어두운 마음의 깊이 이응준
252 백야의 소문으로 영원히 양안다
253 캣콜링 이소호
254 60조각의 비가 이선영
255 우리가 훔친 것들이 만발한다 최문자
256 사람을 사랑해도 될까 손미
257 사과 얼마예요 조정인
258 눈 속의 구조대 장정일
259 아무는 밤 김안
260 사랑과 교육 송승언
261 밤이 계속될 거야 신동옥
262 간절함 신달자
263 양방향 김유림
264 어디서부터 오는 비인가요 윤의섭
265 나를 참으면 다만 내가 되는 걸까 김성대
266 이해할 차례이다 권박
267 7초간의 포옹 신현림
268 밤과 꿈의 뉘앙스 박은정
269 디자인하우스 센텐스 함기석
270 진짜 같은 마음 이서하
271 숲의 소실점을 향해 양안다
272 아가씨와 빵 심민아
273 한 사람의 불확실 오은경
274 우리의 초능력은 우는 일이 전부라고 생각해 윤종욱
275 작가의 탄생 유진목
276 방금 기이한 새소리를 들었다 김지녀
277 감히 슬프지 않을 수 있겠습니까? 여태천
278 내 몸을 입으시겠어요? 조명
279 그 웃음을 나도 좋아해 이기리
280 중세를 적다 홍일표
281 우리가 동시에 여기 있다는 소문 김미령
282 써칭 포 캔디맨 송기영
283 재와 사랑의 미래 김연덕
284 완벽한 개업 축하 시 강보원
285 백지에게 김언
286 재의 얼굴로 지나가다 오정국
287 커다란 하양으로 강정
288 여름 상설 공연 박은지
289 좋아하는 것들을 죽여 가면서 임정민
290 줄무늬 비닐 커튼 채호기